新典社選書 71

文豪の漢文旅日記

――鷗外の渡欧、漱石の房総

森岡 ゆかり 著

新典社

森鷗外
航西日記
Paris
Berlin
Marseille
Yokohama
Suez
Hong Kong
Sai Gon
Colombo
Singapore
Amezato.

夏目漱石
房総旅行
関宿
三ツ堀
利根川
流山
江戸川
松戸
霊岸島
行徳
千葉
成東
旭
飯岡
銚子
東金
九十九里
茂原
一宮
木更津
君津
東浪見
富津
金谷
保田
鋸南
岩井
天津小湊
鴨川
富浦
那古
館山
千倉
白浜
Amezato.

はじめに

「文豪の漢文」ってどういう意味でしょうか。

副題をごらんください。「鷗外」と「漱石」と書いてありますね。森鷗外と夏目漱石のことです。

本書は、森鷗外と夏目漱石に興味を持つ方たちのために書きました。

国語の教科書で二人の文豪の作品を読んだ高校生、二人の文豪の作品を教える立場の高校の先生、これから国語の先生になろうと思っている大学生、大学院生、鷗外、漱石の小説がお好きな方々……。漢文という小さな覗《のぞ》き穴から文豪を見ると、彼らの作品の新しい読み方に気づくかもしれません。

——森鷗外が漢文を書いていたの。

——夏目漱石が漢文を書いていたの。

そうなんです。二人の文豪は、漢文を書き、漢詩も作っていました。

——高校の教科書で読みましたよ。

そうですね、最近は鷗外・漱石の漢詩文を収録した教科書も出版されるようになりました。でも、そういう教科書はまれなので、二人が漢詩文を作っていたことを知らない人も少なくないのです。

本書は、二人の文豪の漢文に焦点を当てた本です。本書で紹介する鷗外と漱石の漢文は、若いときの作品で、漢詩があちこちに挿入された旅日記、つまり紀行文という共通点があります。彼らの漢詩創作については、『文豪だって漢詩をよんだ』（新典社）を書きました。もしよろしかったら、そちらもごらんください。

鷗外といえば『舞姫』、漱石といえば『こころ』が有名ですね。『舞姫』も『こころ』も、国語の教科書で読む方が少なくないと思います。現在、高校国語の教科書を出版しているすべての出版社が『こころ』のハイライト部分を掲載した現代文の教科書を出版しています（柳澤浩哉『『こころ』の真相』、新典社、など）。実は、この二つの作品は、鷗外、漱石の漢文の紀行文とそれぞれ縁が深いのです。どんな深い関係があるか、それを知りたい方はぜひ本書を続けてお読みください。

序章は、文豪が漢文を書いていた時代のことをお話しします。現在の日本語の文章表現が確立される前に、漢文訓読体の文章や、漢文を書いていた時代があったのです。そしてその時代がちょうど文豪が漢文を書いていた時代と重なるということをお話しします。

第一章・第二章は、森鷗外編。第一章で『航西日記』について説明します。その後、第二章で、『航西日記』をダイジェストで読みます。第三章・第四章は夏目漱石編。第三章で『木屑録』について説明します。その後、第四章で、『木屑録』をダイジェストで読みます。

第一章・第三章は、現代語訳・原文の順で漢詩文を引用し、簡潔な説明をめざしました。第二章・第四章は、漢文を読むことを主な目的としていますので、『航西日記』『木屑録』の引用は、現代語訳・書き下し文・原文の順でおこないます。また、漢文について説明をするとき、高校の授業で漢文訓読の基本を習っていることを前提とし、特に、それよりも少し難しかったり、紛らわしかったりする語彙や語法を中心に説明を加えています。漢文の語彙や語法説明のために引用するときは原則として、書き下し文と原文を用います。ただし、それ以外の目的で、漢詩文を引用するときは、口語訳を使いますが、原文を配して、もとの語彙や語法を原文の中で確かめられるようにしました。

最後は、番外編です。国語教科書の定番教材の一つに中島敦『山月記』があります。中島敦は中国古典に材を得て『山月記』を書くほどの人ですから、漢文に造詣が深い作家でした。漢詩も残っています。なんとカバを詠じた作品があるんですよ。ちょっとお話ししたいと思い、付け加えました。漢詩文は現代語訳と原文で引用しました。

では、鷗外・漱石の漢文をガイドブックに旅に出ましょう。

目　次

第二章 『航西日記』の漢文を読む（ダイジェスト）

本書について

本書は、原則として人名以外は新字体・現代仮名遣いで表記しています。旧字体・旧仮名遣いは新字体・現代仮名遣いに改めましたが、現代ならば平仮名で書くような「筈《はず》」などの漢字や異体字はできるだけ残し、漢字を多用していた時代の雰囲気を伝えることにしました。なお、短歌、俳句、現代詩はもとの仮名遣いを残しました。全体的に、ルビを増やすことに努め、読者の便に供しました。なお、ページ数や西暦は、桁《けた》（十、百、千）を用いず、数字だけ並べました。

『航西日記』は、森林太郎『航西日記』（松田清ほか校注『海外見聞集』〔新日本古典文学大系　明治編5〕岩波書店）が底本です（以下、新大系本と呼びます）。ただし、文頭・句頭の踊り字は使わず、原文に付された傍線は省略し、訳や解説文でのカタカナの地名は近年の表記を使います。句読点は文意が取りやすいように付けなおしました。脚注・補注は但し書きがないものは、『航西日記』の脚注・補注です。『木屑録』は一海知義校注『漱石全集』第十八巻（岩波書店）を底本としています（以下、一海知義校注本と呼ぶことにします）。段落分け、句読点はこのご著書に基づきます。正岡子規の評語など岩波書店版『木屑録』〔名著複刻漱石文学館〕（日本近代文学館）を適宜参照しました。訓読文は底本を元にしましたが、本書用に改変したところがあります。引用の詩の冒頭の丸囲みの数字は、句番号を表しています。

『航西日記』以外の鷗外の著作は岩波書店版『鷗外全集』全三十八巻を、漱石の著作は岩波書店版『漱石全集』全二十八巻を使用しました。引用時、巻数は記しません。『こころ』は連載回数を省き、章題と節番号を表示しました。

古田島洋介注釈『鷗外歴史文學集』第十二巻「漢詩（上）」（岩波書店）、高島俊男『漱石の夏休み』（筑摩書房）など多くの先行文献を参照いたしました。また、日本や中国の古典作品の注釈書や校訂本も多数使用しました。諸先生方の学恩に深く感謝いたします。本書の性質上、参照・引用に際して、逐一言及していないことをあらかじめお断りいたします。なお、現在では不適切と思われる表現でも、原文を尊重してそのままにしています。ご理解いただけましたら幸いです。

序章　文豪が漢文を書いていた

1　新しい日本語を作るのはだれ

明治四十年（一九〇七）一月、『学生タイムス』に「将来の文章」という題で掲載された夏目漱石の談話があります（「談話（将来の文章）」）。もとの文章に次のように三つの空欄を作ってみました。①〜③にはどんな言葉が入るでしょうか。クイズにお付き合いください。

近頃の文章では未だ充分に思想があらわされぬようだ。将来はもっとよくもっと容易《たやす》く現わす事が出来るようにならなくてはいかぬ。

私の頭は半分「　①　」で半分は「　②　」だ。そこで西洋の思想で考えた事がどうしても充分の日本語では書き現わされない。これは日本語の単語が不足だし、説明法《エキスプレッション》も面白くないからだ、反対に日本の思想で考えた事は充分西洋の語で書けない、それは私に西洋語の素養が足りないからである。……（引用者中略）……

辞句を非常にうまく配列するとか、力のあるものを書くとか又優しい云いあらわし方を初《はじ》めるとか云う事は其《その》人々の工夫であって、此《こ》れは「　③　」に待つより外《ほか》はない。若《も》し一人の［　③　］が現われたならば、次第にこれを真似るものが出来るから、其方には進歩するだらう。

「私の頭は半分［　①　］で半分は［　②　］だ。」は、後に続く文脈に「西洋の思想」、「日本の思想」がありますから、想像が付いたのではないでしょうか。①は「西洋」、②は「日本」です。日本語の文章を作る上で、漱石がどれほど格闘していたかは、彼の創作メモからも明らかです。小池清治『日本語はいかにつくられたか？』（筑摩書房）第五章などを参考にしてください。

では、「これは［　③　］に待つより外はない。」はどうでしょう。察しのよい方ならば思い付かれたかもしれません。

天才

この二文字が入ります。私たちは、漱石こそ知の巨人、天才だと思います。しかし当の本人は、天才を待つ以外に方法がないと考えているわけです。それだけ、漱石にとって、新しい思想を盛り込む日本語表現を生み出すのは、大変だったといえましょう。
漱石の談話「将来の文章」の四年後、森鷗外は次の文章を書きました。

> 自分は失望を以《もっ》て故郷の人に迎《むか》えられた。それは無理も無い。自分のような洋行帰りはこれまで例の無い事であったからである。これまでの洋行帰りは、希望に輝《かがや》く顔をして、行李《こうり》の中から道具を出して、何か新しい手品を取り立てて御覧《ごらん》に入れることになっていた。自分は丁度《ちょうど》その反対の事をしたのである。（……引用者中略……）
>
> 食物改良《しょくもつかいりょう》の議論もあった。米を食《く》うことを廃《や》めて、沢山牛肉《たくさんぎゅうにく》を食わせたいと云うのであった。その時自分は「米も魚もひどく消化の好《い》いものだから、日本人の食物《しょくもつ》は昔の儘《まま》が好《よ》かろう、尤《もっと》も牧畜を盛んにして、牛肉を食《た》べるようにするのは勝手だ」と云った。仮名遣《かなづかい》改良の議論もあって、コイスチョーワガナワというような事を書かせようとしていると、「いやいや、Orutographie《オルトグラフィイ》はどこの国にもある、矢張《やはり》コヒステフワガナハの方が宜《よろ》しかろう」と云った。
>
> そんな風に、人の改良しようとしている、あらゆる方向に向って、自分は本《もと》の杢阿弥説《もくあみせつ》を唱えた。そして保守党の仲間に逐《お》い込まれた。（……引用者中略……）

勿論《もちろん》自然科学の方面では、自分なんぞより有力な友達が大勢《おおぜい》あって、跡に残って奮闘《ふんとう》していてくれるから、自分の撥《は》ね出されたのは、国家の為《た》めにも、人類の為《た》めにもなんの損失にもならない。

只《ただ》奮闘している友達には気の毒である。依然として雰囲気の無い処で、高圧の下に働く潜水夫《せんすいふ》のように喘《あえ》ぎ苦《くるし》んでいる。雰囲気の無い証拠には、まだ Forschung《フォルシュング》 という日本語も出来ていない。そんな概念を明確に言い現す必要をば、社会が感じていないのである。

（『妄想』）

明治期に欧米に行った留学生は、西洋の新しい技術や文化を持ち帰り、「日本に取り入れましょう」と啓蒙することを期待されていました。鷗外は、自分は逆のことをしたといっています。その例を並べていくのですが、その中に、「コイスチョーワガナワ」「コヒステフワガナハ」があります。『小倉百人一首』の壬生忠見の歌「恋すてふわが名はまだき立ちにけり人しれずこと思ひそめしか」を指します。

「仮名遣改良」とは、発音に近い仮名遣いの使用を提唱する改良運動のことです。明治三十三年（一九〇〇）の小学校令で「棒引き仮名遣い」が教科書に採用されますが、明治四十一年

（一九〇八）に廃止されます。鷗外は従来通りの仮名遣いがよいと考えました。「Orutographie《オルトグラフイイ》」とは「正書法」の意味です。書面に書く場合の正式な文章語は西洋にもあり、日常の会話の表現と異なっていました。鷗外は日本にも話し言葉とは違う文章語があってよいと考えたのです。

鷗外は自分の主張を「本《もと》の杢《もく》阿《あ》弥《み》説《せつ》」と書いています。言い換えれば、「もとのままがよいと考える説」ということでしょう。けれども、それは古いやり方をかたくなに守り続けることではありません。しなやかな若い感受性での西洋体験を踏まえて、日本のよさを見出したのです。しかし、西洋は先進的でよいもの、日本は劣っていて悪いものという二項対立で捉えていた多くの人々には、鷗外の主張は受け入れられなかったのでしょう。

最後に、鷗外はForschung《フォルシュング》の概念を表す日本語もまだできていないと嘆いています。この文章の続きの一説に、「研究なんというぼんやりした語《ことば》は、実際役に立たない。載籍調《さいせきしら》べも研究ではないか。」とあります。Forschung《フォルシュング》は英語のresearchに当たるそうです。Forschung《フォルシュング》を、研究と訳してよいと思うのですが、鷗外は手厳しくいっていますね。なお漢語の「研究」は次のような文脈で使われます。南朝・宋の劉義慶『世《せ》説《せつ》新《しん》語《ご》』文学篇に、「殷仲堪《いんちゅうたん》は、玄論（老荘思想に関する学説の論議）を考察分析し、すべての面を研究していると人が評している（殷仲堪精覈玄論、人謂莫不研究）」と見えます。この原文にある「研究」は、鷗外の言う載籍調べに似ています。訳でも「研究」としましたが、具体的には、語の意味や用法を研究しているということだと思います。

おそらくこういう中国古代の学者が極めようとする真理と、自然科学分野で仮説を立てて実験し、調査分析し答えを導こうというのとは違うのだと、鷗外は考えたのでしょう。

漱石も鷗外も概念や思想を盛り込むための日本語について深く考えました。今日、私たちが使っている日本語の祖型を作ってくれた人たちといえるでしょう。

ところで本書は、『文豪の漢文旅日記』という本なのに、なぜ二人が日本語の祖型を作った人たちだという話から始まるのかと、疑問に思う方がいらっしゃるかもしれません。二人が若いときに漢文を書いていたことは、日本語の祖型を作るための基礎作りをしていたことになるのです。一体どういう意味でしょうか。

2　一匹の猫がはいってきた

次の文章を読んでみましょう。いつごろ書かれた文章か、推測してみてください。

猫も死んでしまった。

娘の一人が急に縁付いてしまったので、残されたなお一人の娘と私と女中と三人きりで、大きな家に住むようになった。日の中《うち》は近くに小学校があったり、公設市場があったりするので喧《やかま》しいが、夜になると、め入ったように静かだ。一人は二階に、一人は座敷に、一人は台所に、分れ分れになって寝る。三人で一つの家に住んでいるというような心持はしない。昨年の大掃除の日、何処《どこ》からとなく一匹の猫がはいって来た。胴は少し長過ぎたが、虎猫の毛色が美しいので、家に飼って置いたのだ。生れてまだ一、二月もたたぬ子猫であったが、この頃はもう徴兵適齢《ちょうへいてきれい》に達した一人前の青年格《せいねんかく》で、中々の愛嬌者であった。朝は人の起き出た床の中にもぐり込んで、頭を出してねて見たり、昼は秋の日光が深く入り込む縁側に転《ころが》りねていて人の足にざれ付いたり、食事の間はいつも飯櫃《めしびつ》の上に坐って人の食事を監視している、さなくば飯台の傍に背を向けて坐っている。娘は画を描くが、別に私と共通の話題というものがないので、いつでも猫の一挙一動が話題の中心となり、時ならぬ笑の波がそれから起って来る。ちょうど静かな森の中の池に何処《どこ》からとなく小波が起るようだ。猫は両三日前まで相変らず元気で、縁側を我《わが》もの顔に日向《ひなた》ぼっこをしていたが、何処《どこ》かで毒を食ったと見えて急に病気になった。今朝はもう縁の下で死んでいた。

質問を繰り返します。文章の雰囲気から、いつごろ書かれた文章か、わかりましたか。

——「女中」、「徴兵」、「飯櫃」などの語が使われていますから、昭和前半よりも前のことですね。

——「縁付いて」や「と見えて」って古めかしい感じがします。明治とか大正とかに執筆されたんでしょうか。

——今なら「たたない」というのに「たたぬ」と使っていますし、「さもなくば」はごくまれに聞きますが、「さなくば」は聞いたことがありません。かなり古い日本語でしょうね。

読者の皆さんはこのような推測をされたことでしょう。実は、昭和六年（一九三一）二月に西田幾多郎（一八七〇—一九四五）という哲学者が書いた随筆「煖炉の側から」の一部です（『西田幾多郎随筆集』（岩波書店）より引用）。西田幾多郎は六十一歳でした。

「猫も死んでしまった」と、「も」が使われていますね。次の行に、娘が結婚して家から出てしまったことが書かれていますから、娘もいなくなったし、猫も……という思いで猫の死を述べようとしたと考えられます。引用中には書かれていませんが、西田幾多郎は身内に不幸の多い人でした。妻が亡くなり、息子も亡くなってしまいました。そして、娘の一人が結婚して家を出て、さらに、猫も……ということなのです。「も」一つで、書かれていない多くの喪失が暗示され、心憎い一節となりました。

今はこれ以上、西田幾多郎の生涯に立ち入りません。西田の文章そのものを観察してみましょう。語彙は戦前の生活を思わせるものが使われていますし、「さなくば」のように今使わない表現が含まれています。では、改めて、全体を見渡してみましょう。

「大きな家に住むようになった」、「分れ分れになって寝る」、「昨年の大掃除の日、何処《どこ》からともなく一匹の猫がはいって来た」などなど、現在の日本語と変わらない表現の方がむしろ多いとは思いませんか。

しかし、西田幾多郎にとって、この文体に至るまでがとても大変だったらしいのです。その試行錯誤を、別の文章に記しています。

3　日本語表現のゆりかごの時代

私の書くのは、今日の若い人々から見れば、言文一致とか口語体とかいうものではなかろう。しかしそれでも漢文書き下しの文体から今のような「である」式の文体に移るのは、中々むずかしかったものである。私らの子供の時代には、まだ小学校の上の方では、『十《じゅう》八史略《はちしりゃく》』など読まされた時代であって、故郷の金沢などにはいくつかの小さい漢学塾というものがあった。その頃今日《こんにち》の中学校というようなものはなかったが、それに相当するような学校では作文という課目があって、それでは大体漢文書き下し体の文章を書いたものである。しかし漢文を書くものも少《すく》くなかった。

（「始めて口語体の文章を書き出した頃」、『西田幾多郎随筆集』）

西田幾多郎は昭和十三年（一九三八）に右のように記しました。西田は明治三年（一八七〇）生まれですから、「小学校の上の方」というのは明治十三年（一八八〇）頃のことでしょう。その頃の小学校高学年の子どもは、『十八史略』という中国の歴史を記した漢文の本を読んでいたわけです。そして、その学習を踏まえて、漢文書き下し文の文章や漢文そのものを書いていたのです。

この文章に続けて、西田幾多郎は、文学者が言文一致体で書いたものが出回るようになっても、哲学の論文で、口語体で書くことはなかなか行われていなかったと述べています。「大学で試験代りに論文を書いてもいわゆる漢文書き下しであった」というのです。さらに、西田はそういう過去を踏まえ、未来はどのように書くべきか、展望を語っています。

私などもそれから遠からず漸々《ぜんぜん》哲学的論文も言文一致体に書かねばならない、その方が自分の思想を十分自由に現《あらわ》すことができるということが分って来た。そしてそのように努力して見たが、始めはどうもそぐわないという感がして、幾度《いくど》か試み幾度《いくど》かやめた。その中とうとう今のようなものになってしまった。今はもう元のような漢文書き下し体のものを書いて見ようと思ってもできない。

（「始めて口語体の文章を書き出した頃」、『西田幾多郎随筆集』）

昭和十三年（一九三八）、六十八歳の西田幾多郎は哲学的論文も言文一致体で書くべきだといっています。彼は、自分自身の文体の古さを自覚しており、また自分が書くのは、言文一致でも口語体でもないと受けとめています。けれども、「猫の死」の文章は、今の日本語表現に限りなく近いといっていいような、そういう日本語です。古いと自覚しながらも、自分なりの「である体」の文章表現を確立した西田にとっては、漢文書き下し体つまり漢文訓読体の文章はもう書くことさえできない過去のものとなってしまったのです。

4　二十一世紀に漢文を読む

では、漢文を読んだり、漢文の書き下し文を作ったりという作業は、現在では、役に立たない無意味なことなのでしょうか。本書は、鷗外や漱石の漢文を扱うので、そのことに限って考えてみましょう。

鷗外・漱石についてあまり知られていない一面を知ることができるということはいうまでもありません。さらに、少なくとも二つは益があると思っています。

一つは、日本語の文章表現の歴史を知るために意味があります。小説家古井由吉氏は「漢文漢詩を中国の古典として読むことも大事だけれども、日本語として、古くから伝えられた日本語として読むことも、そうして日本語を振り返ることも大事だと思います」（『漱石の漢詩を読む』、岩波書店）とおっしゃっています。

鷗外も漱石も、西田幾多郎とほぼ同世代に当たります。鷗外も漱石も少年期・青年期に漢文を書き、その後、新しい日本語を模索していきます。すでにお話ししたように、鷗外と漱石は、現在の日本語表現の祖型を作ったといえるでしょうが、その模索のスタートの段階で漢文を書いていたわけです。鷗外・漱石の漢文を読むことは、現代日本語の揺籃期《ようらんき》を知るということではないでしょうか。二人の漢文を読む意義がここにあります。

実は、国語の時間に漢文を読むのも、日本語について深く知るためです。将来、鷗外や漱石の漢文が教科書に広く掲載されるとよいと思っています。

もう一つは、言語そのものの運用力を向上させるために役に立つということです。母語ではない言語――非母語の言語で作文するとはどういうことかを知るために意味があります。漢文で作文するとは、中国の古典語で書くことを意味します。語順も発想も違う言語で書くのは難しいことです。

鷗外が漢文で描写しようと試みたのは、香港やベトナム、フランスなどの異国の風景です。漱石は中国の古典を十分消化して房総半島の風景や旅の様子を描くことに力を注いでいますが、中には海水浴という西洋伝来の文化も漢文で描写しています。鷗外と漱石は、日本語と漢文の二つの言語表現を行き来するだけでなく、外来の文化を非母語の言語で作文していたことになります。例えていえば、マレーシア旅行やインド料理について英語で説明するということでしょうか。現在、英語など外国語で作文する機会も増えていますから、非母語の言語での作文の難しさを理解する方は大勢いらっしゃるでしょう。鷗外と漱石の若き格闘は共感を呼ぶのではないかと思います。
それではいよいよ鷗外の旅、漱石の旅をたどってみましょう。

第一章　森鷗外の『航西日記』

1 『航西日記』と『舞姫』

さて、この章もクイズで始めましょう。次は、『舞姫』の冒頭です。空欄①〜④にはどんな語が入るでしょう。選択肢を作りましたので正しいと思うのを選んでくださいね（使うのは一度ずつです）。

選択肢　A西　B石炭　C東　D紀行文

［　①　］をば早《は》や積み果てつ。中等室の卓《つくえ》のほとりはいと静《しずか》にて、熾熱燈《しねっとう》の光の晴れがましきも徒《いたずら》なり。今宵《こよい》は夜毎《よごと》にここに集《つど》い来《きた》る骨牌《カルタ》仲間も「ホテル」に宿《やど》りて、舟に残れるは余《よ》一人のみなれば。五年前《いつとせまえ》の事なりしが、平生《ひごろ》の望《のぞみ》足りて、洋行の官命を蒙《こうむ》り、このセイゴンの港まで来《こ》し頃《ころ》は、目に見るもの、耳に聞くもの、一つとして新《あらた》ならぬはなく、筆に任せて書き記《しる》しつる［　②　］日ごとに幾千言をかなしけむ、当時の新聞に載せられて、世の人にもてはやされしかど、今日《きょう》になりておもえば、穉《おさな》き思想、身の

程知らぬ放言、さらぬも尋常《よのつね》の動植金石、さては風俗抔《など》をさえ珍しげにしるししを、心ある人はいかにか見けむ。こたびは途に上りしとき、日記《にき》ものせむとて買いし冊子もまだ白紙のままなるは、独逸《ドイツ》にて物学びせし間《ま》に、一種の「ニル、アドミラリイ」の気象をや養い得たりけむ、あらず、これには別に故《ゆえ》あり。

げに「　③　」に還《かえ》る今の我は、「　④　」に航せし昔の我ならず、学問こそ猶《なお》心に飽き足らぬところも多かれ、浮世のうきふしをも知りたり、人の心の頼みがたきは言うも更《さら》なり、われとわが心さえ変り易《やす》きをも悟り得たり。きのうの是《ぜ》はきょうの非《ひ》なるわが瞬間の感触を、筆に写して誰にか見せむ。これや日記の成らぬ縁故なる、あらず、これには別に故《ゆえ》あり。

（『舞姫』）

さて、答え合わせをしましょう。①はBの石炭です。当時は、蒸気船でヨーロッパに向かいました。途中、何度も寄港し、燃料となる石炭を積まなければいけません。『舞姫』で石炭を積む港は、セイゴンつまりサイゴンです。現在のベトナム・ホーチミン市に当たります。

②にはDの紀行文が入ります。この紀行文のモデルが、作者・鷗外自身による『航西日記』です。主人公は、五年前を回想しています。往路でサイゴン港に来た頃、何を見ても新鮮で、

紀行文を書き、それが新聞に掲載されたが、心ある人はどう見ただろうかと、幼い考えだったと反省の言葉を述べています。

ドイツから日本にもどる復路の旅でも、日記を書こうとノートを買ったのですが、白紙のままです。このノートのモデルは『還東日乗』でしょう。『還東日乗』は、鷗外が日本へ帰る旅路を書いた漢文紀行文で、最終的には白紙ではないわけですが、『航西日記』と比べて分量は極端に少ないです。引用では、白紙の理由として、「ニル、アドミラリイ（ラテン語。何事にも驚かない傍観者的な態度）」の気分をドイツで育んだせいかと自問します。そして、「これには別に故あり（これには他にわけがあるからだ）」と自答し、さらに続けます。③はCの東、④はAの西が入ります。東に帰る自分は西へと向かったかつての自分とは違うというのです。世の浮沈や人の心の頼みがたさを知っただけでなく、自分自身の心変わりの早さを知った上は、自分の気まぐれな感情など見せるものでもない、だから日記が書けないのだ。いやそうではない。そして再び「これには別に故あり」と繰り返します。

「これには別に故あり」はとても印象的です。漢文訓読体の文で、二度の使用は漢文の対句《ついく》表現のようです（対句は、第四章第1節（一）を参照してください）。簡潔で硬質な漢文訓読体による同じ表現の反復が、屋台骨となって文章全体を支えています。揺るぎない屋台骨のおかげで、滑らかな和文俗文体は冗漫になることなく、適度な緊張を維持しながら、流麗な美しさを保っているのでしょう（「舞姫」補注五『舞姫』の文体」、小泉浩一郎ほか校注『森鷗外集』〔新日本古典文学大系　明治編25〕、岩波書店）。

たった一人、船の中等室で自問自答する男性は太田豊太郎――鷗外の分身です。別の理由といっているのは、ドイツで恋に落ちた踊り子つまり舞姫を振り切って日本に帰ろうとしていることを示唆しようとしています。

『舞姫』は、鷗外の自伝的小説です。鷗外の分身として登場する太田豊太郎、鷗外の愛する女性の分身として登場するエリス……などなど、多くの登場人物が実在の人物をモデルとしています。近年、大きな話題になったのは、エリスのモデルが明らかになったことでしょう。六草いちか氏は、エリスのモデルとなった女性エリーゼ・マリー・カロリーネ・ヴィーゲルトを突き止め、『鷗外の恋　舞姫エリスの真実』（講談社）を執筆されました。また、さらに、続編『それからのエリス　いま明らかになる鷗外「舞姫」の面影』（講談社）で、彼女がどんな生涯を送ったかを追究されています。

エリーゼに出会う前の鷗外が、東京からベルリンへの旅を綴ったのが『航西日記』です。ベルリンまでの鉄道や船の旅で、鷗外が実際に見聞きしたり、過去の旅行記と比較しつつ各地の風俗や文化について思索を深めたりしたことは、彼の人生にとって非常に大きな体験でした。旅の記憶は深く沈潜し、熟成されて、鷗外の創造力を刺激し続けたのでしょう。『舞姫』の冒頭は、作品世界に取り込まれていった好例といえます。

2 『航西日記』の読者

新大系本の脚注、補注、解説をもとに、『航西日記』の書誌や読者についての基礎的知識を簡単にまとめておきます。

新大系本の『航西日記』は、『衛生新誌』に公刊された初出本文に基づいています。『衛生新誌』は、公衆衛生や健康などのテーマを扱った雑誌です。『航西日記』は、明治二十二年（一八八九）四月二十五日発行の第二号から同年十二月十六日発行の第十一号まで、八回に分けて断続的に発表されています。新大系本はこの底本に誤記など不明な個所があるとき、浄書稿を使っています。浄書稿は、鷗外以外の人が書き写し、鷗外が朱筆を加えて、誤記や、初出の誤植を訂正したもので、東京都文京区立森鷗外記念館が所蔵しています。

そして公刊される『航西日記』のさらに元となった『航西日記』が存在していました（山崎

一顆『二生を行く人　森鷗外』、新典社）。弟の篤次郎が手紙の中で受け取ったといっている「御送りの航西日記」（明治十七年十二月二十日付）です。つまり最初の読者は弟篤次郎であったということです。

次の読者は、長瀬時衡《ながせときひら》（号は静石、一八三六―一九〇二）で、「陸軍の軍医をお勤めで、詩文のお嗜《たしなみ》があり、お兄様とはお話が合うのでした」と、妹の小金井喜美子が随筆に書いている人物です（「海屋の幅」、『鷗外の思い出』、岩波書店）。鷗外一家と家族ぐるみの付き合いをしていました。

『衛生新誌』発表当時、静石が、『航西日記』に眉批（頭注のように漢文の上部に書き付けるコメント）と総評（末尾に載せる読後の感想や批評）を付けています。静石は、蘭学医緒方洪庵の開いた適塾で学んだことがあり、日本の医療現場に、西洋理論に基づく医療マッサージを導入したことで知られています。慶応元年（一八六五）に郷里の備前の藩医となり、維新後は兵部省に勤め、第五師団軍医長・軍医監などを歴任します。鷗外が明治十五年（一八八二）に陸軍軍医本部庶務課に配属されたとき、静石は課長で、鷗外は医学や漢学の教えを受けました（野末明「長瀬時衡と森鷗外」、『康成・鷗外　研究と新資料』、審美社、など）。

漢詩文は他者の――多くの場合漢文の世界で権威のある人の、批評を付して発表されることで、もとの漢詩文の権威を高め、読者にその価値の高さを訴えるということを、よく行ないます。静石の評は『衛生新誌』の読者に向けて大きな存在感があったと思います。

最後は、『衛生新誌』の読者です。読者は医療関係者、ほとんど医師でしょう。倫理学者の和辻哲郎（一八八九―一九六〇）は、西洋医だった父親（一八五七年生）の思い出として、「わたくしは子供のころに、時々父が英語の参考書を開いているのを見た覚えがある。しかしその英語で哲学や文芸の方の本を読んだという形跡はまるでない。その方面の要求は漢籍や漢詩によって十分に充たされていたのである」（「わたくしの生まれた家」、『和辻哲郎全集』第十八巻、岩波書店）と述べています。『航西日記』はこのような読者層で共有されるべき情報を発信していたのでした。

3 『航西日記』の旅

鷗外がドイツ留学したのは明治十七年（一八八四）、二十二歳の時のことです。ちなみに、鹿鳴館が開館したのは前年の明治十六年（一八八三）でした。鷗外は、政府が欧化を促進していた時代にヨーロッパに派遣されたのです。鷗外の旅は、明治十七年八月に汽車で東京を出発するところから始まります。旅程を表「鷗外『航西日記』の旅程」に整理しましたので、ごらんください。ルートや位置などは、口絵のイラストマップを参照してください。

鷗外『航西日記』の旅程

月　日	発着・通過場所
8月23日	午後6時　東京発。汽車で横浜へ。林屋に投宿。
8月24日	午前7時30分　乗船。9時　横浜発。
8月30日	福建の沖（台湾海峡）を通過。厦門通過。
8月31日	香港着。
9月4日	香港発。
9月7日	サイゴン河を遡上。サイゴン入港。
9月9日	サイゴン港発。
9月11日	シンガポール着。
9月12日	シンガポール発。
9月13日	スマトラ島の沖を通過。
9月14日	ベンガル湾に入る。
9月18日	未明、セイロン島コロンボ港着。同日午後3時発。
9月19日	アラビア海に入る。

9月26日	アデン港着。同日午後6時発。
9月27日～30日	紅海を通過。
10月1日	スエズ港着。
10月1日～2日	スエズ港発。
10月3日	午後2時　ポート・サイド着。同日発。地中海に入る。
10月4日	クレタ島を望む。
10月5日	シチリア海峡を通過。
10月6日	午後4時　サルデーニャ島を望む。
10月7日	マルセイユ入港。
10月8日	マルセイユ発（汽車）。
10月9日	午前10時　パリ着。
10月10日	午後8時　パリ発。
10月11日	午前7時　ケルン着。同日午後8時30分　ベルリン着。

旅は全部で五十日、船旅が四十三日、残りが鉄道の旅でした。船は帆船ではなく蒸気船ですし、アフリカの南端の喜望峰を回らずスエズ運河を通過するので、それ以前の時代とは比べものにならない時間短縮が行われています。しかし、現代の飛行機と比べれば、大変時間がかかっていますね。

船旅は楽しかったときも、辛かったときもあったようです。アデンでは体調を崩し、観光できませんでした（第二章第8節をごらんください）。船がマルセイユに着いた直後に仲間と一緒に撮影した写真がありますが、写真の中の鷗外は痩せこけています（新大系本五八二頁など）。

4　『航西日記』の記述の特色

（一）　引用と踏襲

大野亮司文責・山崎一穎校閲「『航西日記』解説」（新大系本）は、『航西日記』の記述の特色は過去の引用と踏襲にあると述べています。この引用と踏襲について考証を深めた先駆的な研究に、小島憲之『ことばの重み　鷗外の謎を解く漢語』（講談社）があります。上代文学者故小島憲之氏（一九一三―一九九八）は、『航西日記』が、『航西日乗』（『海外見聞集』。以下、『航西日乗』の引用は本書に基づくが、片仮名表記は平仮名に改めた）、『特命全権大使米欧回覧実記』（久米邦武編・田中彰校注、岩波書店。以下『米欧回覧実記』）の引用・踏襲を行っており、それは「古歌の優れた詞句を昇華させてわが作品の中に取り込む表現技法「本歌取り」」の手法に当たると分析しました。引用元として挙げられている二種の文献――成島柳北《なるしまりゅうほく》（一八三七―一八八四）『航西日乗』と、久米邦武《くめくにたけ》（一八三九―一九三一）『米欧回覧実記』は、第二章でもしばしば言及することになるため、ここで説明しておきたいと思います。

『航西日乗』は、明治五年（一八七二）から翌年にかけて東本願寺法主に随行して、欧米を漫遊したときの漢文体の記録で、柳北が主宰する雑誌『花月新誌』に連載されました。鷗外の小説『雁』の主人公が「花月新誌の愛読者であった」（『雁』〔一〕）ように、明治十年代、よく読まれました。

漢文訓読体で執筆された『米欧回覧実記』は、岩倉使節団唯一の公刊報告書で、自序に明治九年一月編了とあります。岩倉使節団とは、岩倉具視を全権大使として、明治政府が派遣した最初でしかも最大の外交・文化使節団です。明治四年（一八七一年）冬から明治六年（一八七三年）秋に及ぶ長い旅は、アメリカ、イギリスを経てヨーロッパに向かい、スエズ運河からインド洋に出て帰国の途に着きました。久米邦武が岩倉使節団随行の文筆家として執筆した『米欧回覧実記』は、『文明論之概略』や『日本開化小史』とならぶ啓蒙期文学の一傑作」（芳賀徹『明治維新と日本人』、講談社）と評されています。

『航西日記』には上記二冊以外にも、既出のものを踏まえた表現がちりばめられていて、鷗外は自分の感想を用心深く隠しているのではないかと思うほどです。以前、拙著『文豪だって漢詩をよんだ』（新典社）第四章で述べたように、古典的な紀行文の作法というのがあります。名所に行くと、その場所について記した詩歌や文章を思い出し、それらを踏まえて、自分の言葉を付け加えていくのです。類似の表現を積み重ねていくと、その表現は正当化され、権威を持ち、旅行記の情報はガイドブックとして有効に機能するのかもしれません。『航西日記』は「〝渡航の旅程という事実の報告〟であるとともに〝渡航の旅程のイメージを呼び起こす記述〟（新大系本補注十七）といわれるように、引用と踏襲によって形成される、風景や風俗、土地の人々のイメージなどを情報として、読者に提供しています。

（二）　伝統に従う

「さしかかった場所と関わる〝英雄的存在〟やそれにまつわる〝故事〟を詠う」と、新大系本補注二十四は、漢詩の特色を捉えました。また、「『航西日記』解説」は、「場所との連繫を通した〝英雄〟イメージの喚起と、喚起されたイメージに向かって詠じる主体が心情的に同化していく動き」が、アチェでの古詩に明らかに見出されることを指摘しています。このアチェの記述を現代語訳と原文で見てみましょう。

（九月）十三日、スマトラの浜辺に沿って進む。この地はオランダ領である。土地の人との戦いはまだ終わらないそうだ。かつて、オランダ軍がアチェを攻めたとき、日本の林紀君《はやしつなくん》がオランダ軍の軍営にいて、「闌珍紀行」を著した。僕はかつてこれを熟読したことがある。今、その土地に来てその人を思う、しばらく、言葉を失ってしまった。……（引用者中略）……ああ林君《はやしくん》も大きな志を持つ立派な男《おとこ》だった。パリでの客死は実に残念である。

十三日。沿蘇門答臘海浜進行。此地蘭人所領。聞其与土人戦、猶未止也。往年蘭軍攻闌珍、我林君紀在軍中。有闌珍紀行著。余曾読之熟。今対此境而想其人、憮然久之。……（引用者中略）……。

嗚呼林君亦大丈夫得志者。其客死巴里洵可惜也。

これは、アチェ戦争（オランダとアチェ王国との戦い）でオランダ軍に従軍し、パリで客死した林紀（号は研海、一八四四―一八八二）に言及した一節で、中略部分に、林紀を詠じた長篇の七言古詩が入ります。

①日本から遙かここまで船に乗り、スマトラ島の沖を過ぎる　　万里泛舟過蘇門

②アチェの都は遙か彼方にかすんでいる　閟珍府城渺烟氛
③思い起こす、昔林紀君が天皇の命を受けて　憶曾林君奉明詔
④身を奮い立たせてオランダ軍に従軍したことを　奮身来従和蘭軍
⑤元来、医学の道は容易ではない　由来為医道非易
⑥治療の時機を見極めなければならない、機を見誤れば混乱する　知期愆期事紛紛
⑦ましてや兵士と軍馬がせわしく動き回る中　況在兵馬倥偬際
⑧落ち着いて処置し、勲功を立てるのはなおさら困難だ　措置従容建殊勲
⑨林君は名門の生まれ　林君生為名閥子
⑩気性は優れ、群を抜いている　気象英邁自超群
⑪林君は西洋医学の技術をしっかりと身に付け　西人手段看既透
⑫医学理論にも精通している　条理井然脳裏存
⑬アチェの戦いから帰国し地図を開いて天皇にご報告した　帰来披図奉天子
⑭その報告を天皇がお気に召され、官位も俸禄も高くなった　弁論称旨官禄尊
⑮それ以来、たびたび辺境の動乱を見に行き　自此屢閲辺陲変
⑯林君に失策がないことは世間に知られている　君無遺策世所聞

⑰僕は林君の客死に心を痛め、決意を新たにすれば　我来慷慨遙決眦
⑱海面に靄《もや》が立ち込め、夕暮れに染まる　水煙茫茫罩夕曛
⑲今だれが林君の高い志を継ぐのだろうか　如今誰起紹雄志
⑳かつて医学界に、林君のような人物がいたように　当時医林猶有君

このように、スマトラ沖を過ぎて林紀のオランダ軍従軍を思い出し、林紀の性格や才能などを賛美し、客死したことを悼むと共に、その志を継ぐのはほかでもない僕だと決意表明をします。確かに、新大系本の補注二十四や『航西日記』解説」が指摘する通りといえます。この指摘された特色は、伝統的な詠史詩が持っているものです。例えば、杜甫の七言律詩「蜀相」を見てみましょう。

①諸葛孔明を祭ったほこらはどこだろうか　丞相祠堂何処尋
②成都の町の郊外の柏がうっそうとしたあたり　錦官城外柏森森
③きざはしに映る緑の草はみな春の気配　映階碧草皆春色
④木の葉に隠れたウグイスは聞く人もいないのに空しく美声で鳴いている

隔葉黄鸝空好音

三顧頻煩天下計　⑤劉備は三顧の礼をとって孔明を何度もたずねて天下の計をはかり

両朝開濟老臣心　⑥孔明は劉備と劉禅の親子二代に渡ってお仕えし、老いるまで忠誠を尽くした

出師未捷身先死　⑦出兵したが勝利を収める前に亡くなった孔明は

長使英雄涙滿襟　⑧いつまでも後世の英雄たちに涙をたっぷりと流させるのである

この詩は、①句・②句で諸葛孔明の祠を尋ねその場所を明らかにし、③句・④句で春の草とウグイスの美声あふれる祠の風景を詠じます。⑤句・⑥句は孔明の生前の事跡を述べ、⑦句・⑧句で、魏を討つ前に亡くなったことを哀しみ悼みます。

鷗外は、地の文で「今、その土地に来てその人を思う」といっています。林紀に続いて、レセップス、ガリバルディ、ナポレオンが詠じられます。昔、中国の長江を旅する文人が、川沿いの古跡に縁のある歴史的人物を詩に詠じたように、英雄にゆかりの深い海域を船が通過していくときに詩作されています。

旅の途中で詠じられる詩は、その地にゆかりのある歴史上の人物のことだけではありません。

土地の風俗や習慣なども詩に詠じます。そういう風俗や習慣は「竹枝詞《ちくしし》」というスタイルで古来詠じられてきました。土地の風景、風俗習慣、生活を、七言絶句に表現したものです。題名に「○○竹枝」などと付けて連作で何首も作る場合が少なくありません。この伝統的な「竹枝詞」というスタイルを踏まえ、鷗外が詩を作っていることも、すでに指摘されています（新大系本補注十七、『航西日記』解説」など）。『航西日記』の中で無題の詩が多いのですが、内容と形式から見て明らかに「竹枝詞」といえるものがあります。第二章で探していただきたいと思います。

（三）　旅の詩歌の癒しの力

『航西日記』には紀行文の中にあわせて四十首の漢詩が随所に挿入されています。実は、『木屑録』も同様で、こちらは十四首が随所にちりばめられています。齋藤希史氏は、前半に日録の漢文紀行、後半に漢詩をまとめるというスタイルが、漢詩文の伝統として普通の形だと指摘されました（『明治の遊記』、『漢文脈の近代』、名古屋大学出版会）。

紀行文の中に詩歌が挿入されることは、古典的な紀行文のスタイルです。例えば、紀貫之『土佐日記』は紀行文の中に和歌が、松尾芭蕉『奥の細道』は紀行文の中に発句が挿入されます。幕末の吉田松陰の『東北遊日記』は漢文で書かれた紀行文で、やはり漢詩が挿入されています。（二）項で、紀行文の作法として、名所では過去の先人の言葉を踏まえてその上に自分の言葉を加えていくことを話しましたが、旅を描写した散文の中に詩歌を挿入するというのも、古典的な紀行文の作法といえるでしょう。齋藤希史氏は「明治の遊記」で、『航西日記』や『木屑録』のスタイルは和の紀行文学の伝統の延長上にある可能性が高いと指摘されています。「明治の遊記」によれば、近代になってこのスタイルが顕著になってくるそうです。

――漢文の文章だけって思ってたのに、漢詩まで入っているなんてね。

思わず嘆いた方、いらっしゃいませんか。面倒だとか難しそうだとか思ってしまうのも無理はありません。そういう方は、トールキンの『指輪物語（ロード・オブ・ザ・リング）』を思い出していただきたいと思います。映画を見た方も多いかもしれません。強烈なパワーを持つ魔法の指輪を、ホビットの若者たちが捨てに行くファンタジーです。

原作の『指輪物語』には歌がたくさん出てきます。夕闇が迫って来る頃、主人公のフロドと旅の仲間たちは心細い気持ちを抑えて歌を歌いました。また、悲しい気持ちを、言葉に移すと、それがそのまま歌となって出てくるということもありました。

『指輪物語』はロード・ファンタジーの一種で、旅の中で「自分探し」をし、自己を再発見する成長物語となっています（井辻朱美『魔法のほうき　ファンタジーの癒し』、廣済堂出版、など）。その過程で苦難や悲哀を乗り越えて行かなくてはなりませんが、苦難や悲哀を癒す存在の一つが、『指輪物語』の場合、歌なのです。冒険の旅の中で感じる辛さや寂しさを歌の力を使って乗り越え、歌の力によって喜びを倍増するのです。そもそも、詩歌には癒しの力が備わっています。心理療法の一つとして詩歌療法も行われています（小山田隆明『詩歌療法　詩・連詩・俳句・連句による心理療法』、新曜社、など）。旅先ではいっそう癒しの力が求められるのかもしれません。当時、漢詩を作ったり読んだりすることを好んだ知識人たちにとって、漢詩はまさにそうした癒しの存在でした。漢文の旅日記を読み進め、漢詩を読むのが嫌《いや》になったら、『指輪物語』のフロドたちの歌の癒し効果を思い出して、明治人たちに思いを馳せてください。

第二章　『航西日記』の漢文を読む（ダイジェスト）

1 旅立ち（明治十七年八月二十三日）

明治十七年（一八八四）八月二十三日。午後六時、汽車は東京を出発した。横浜に到着し、林屋《はやしや》に泊まった。この洋行の命令を受けたのは六月十七日のこと、ドイツに赴いて衛生学を修め、あわせて陸軍の医事を調査するためである。七月二十八日、皇居に参内《さんだい》して天皇陛下にお目にかかり、菩提寺ではご先祖様に別れを告げた。八月二十日、陸軍省に行ってパスポートをいただいた。僕は大学を卒業したばかりの頃、西洋に行きたいという思いを早くも抱いていた。「現在の医学はヨーロッパから伝わってきている。たとえその文章を眼で見て、その発音を暗誦しても、もしもその土地に自ら足を踏み入れることがなければ、郢《えい》の人の文章を燕《えん》の人が誤解した故事と同じことだ」と思う。明治十四年（一八八一）になって、恐れ多くも学士の称号をいただいた。次のような詩を作った。

①笑ってしまうぞ、名ばかりで、中身が伴っていないことを

②卒業後も昔と変わらず、漢詩を作っている

③花を見てようやく思う、卒業の喜びを

④卒業の時に最年少だったなんて自慢することでもない
⑤蘇秦が「牛後」を恥ずかしく思ったことはよくわかる
⑥劉琨と同じく、友人にみすみす先を越されてしまった
⑦海外雄飛の志は高々と持ち続けている
⑧夢では乗っているんだ、大きな風をはらんで万里を進む船に
　思うに、心はもうエルベ河のほとりに飛んで行ってしまった。軍医に任命されていくらも経たないうちに、軍医本部の下役となり多忙な日々を過ごした。事務文書の間に埋もれて、三年経った。しかし、今このように洋行できることとなった。喜ばないようにしようと思ってもできないことだ。

　明治十七年八月二十三日、午後六時汽車は東京を発し、横浜に抵《いた》り、林家《はやしや》に投ず。此の行の命を受けしこと六月十七日に在《あ》り。徳国に赴き衛生学を修め兼ねて陸軍医事を詢《と》うなり。七月二十八日闕《けつ》に詣で天顔を拝し、宗廟に辞別す。八月二十日陸軍省に至り封伝を領す。初め余の業を大学に卒《お》うるや、蚤《つと》に航西の志有り。以為《おもえ》らく今の医学、泰西より来《きた》れり。縦使《たとい》其の文を観《み》其の音《おと》を諷《そらん》ずるも、苟《いやしく》も親しく其の境を履《ふ》むこと非《あら》ざれば、

則ち郢書燕説《えいしょえんせつ》のみと。明治十四年に至り叨《みだ》りに学士の称を 辱《かたじけな》くす。詩を賦して曰く、

①一笑す　名優《めいまさ》りて質却って孱《よわ》きを　②依然たる古態　吟肩《ぎんけん》を聳《そび》やかす
③花を観て僅かに覚ゆ　真の歓事　④塔に題して誰か誇らん　最少年
⑤唯だ識る　蘇生の牛後を愧《は》じしを　⑥空しく阿逖《あてき》をして鞭先《べんせん》を着《つ》けしむ
⑦昂昂《こうこう》として未《いま》だ折れず　雄飛《ゆうひ》の　志《こころざし》　⑧夢に駕《が》す　長風万里《ちょうふうばんり》の船

蓋《けだ》し神《しん》已に易北河《エルベ》畔に飛びぬ。未だ軍医に任ぜられ幾《いく》ばくもあらざるに、軍医本部の僚属と為《な》り、躑躅鞅掌《てきちょくおうしょう》し、簿書案牘《ぼしょあんとく》の間《かん》に汨没《こつぼつ》すること、此《ここ》に三年。而《しか》るに今茲《いまこ》の行《こう》有り。喜び毋《な》しと欲するも得《う》べからざるなり。

明治十七年八月二十三日、午後六時汽車発東京、抵横浜、投於林家。此行受命在六月十七日。赴徳国修衛生学兼詢陸軍医事也。七月二十八日詣闕拝天顔、辞別宗廟。八月二十日至陸軍省領封伝。初余之卒業於大学也、蚤有航西之志。以為今之医学、自泰西来。縦使観其文諷其音、而苟非親履其境、則郢書燕説耳。至明治十四年叨辱学士称。賦詩曰、一笑名優質却孱、依然古態聳吟肩、観花僅覚真歓事、題塔誰誇最少年、唯識蘇生愧牛後、空教阿逖着鞭先、昂昂未折雄飛志、夢駕長風万里船。蓋神已飛於易北河畔矣。未幾任軍医、為軍医本部僚属、躑躅鞅掌、汨没于簿書案牘之間者、三年於此。而今有茲行。欲毋喜不可得也。

明治十七年（一八八四）八月、森鷗外は陸軍省の官費留学生としてドイツに向かいます。東京の新橋を出発した汽車は一時間ぐらいで横浜に到着します。乗船前に、横浜で泊まったのが林屋でした。漢文では「林家」と記されています。「投ず」は投宿する、ここは林屋に泊まったという意味です。「於」は英語の前置詞に当たります。書き下し文にするときには読み仮名の「に」で「於」の文法的意味をくみ取ったことになり、「於」は置き字となります。

図は「銅版彫刻横浜諸会社諸商店之図」（神奈川県立歴史博物館蔵）の林屋です。左下の「各国汽船乗客荷物取扱所」の文字がひときわ目立っています。じっくりと絵を見てみましょう。店先の二階、店の奥の棟の二階、三階に多くの人物が描かれていますね。欄干に寄りかかって外の風景を眺めている人、座敷でおしゃべりしている人々……。これから旅立つ旅人たちでしょうか。

次の「徳国に赴き……」について、長瀬静石は、「ドイツへ赴くの二句は、（留学の）主旨を先に掲示しているのだ（赴徳国二句、先掲本旨）」と評しています。

「闕《けつ》に詣で天顔を拝し」は、皇居に参詣して明治天皇に拝謁することをいっています。「宗廟に辞別す」は、菩提寺に参って先祖に別れを告げることをいいます。「宗廟」は中国では祖先

林屋「銅版彫刻横浜諸会社諸商店之図」（神奈川県立歴史博物館蔵）

を祭る廟で、仏教寺院ではありませんが、漢語らしい表現を重視して、「宗廟」の語を使ったのでしょう。「封伝を領す」は、パスポートを受け取ることです。「領」は「受領」の熟語があるように、受け取る意味があります。

「初……」以降、留学の志を抱き始めた大学卒業の頃を思い起こして文が綴られます。静石は「過去をさかのぼっての叙述は規範の通りだ（追叙有法）」とコメントしています。「業を大学に卒《お》うる」の原文は「卒業於大学」。「卒」が動詞で、「業」が目的語、「大学」が補語になっています。「於」は読み仮名の「に」が意味を代用して、「於」自体は置き字にしています。

「蚤《つと》に」の「蚤」はノミという虫の意味ですが、「ソウ」という音を持ち、「早」の意で使うことがあります。「以為《おもえ》らく」は、思うに……、「縦使《たと》い」は、たとえ……としても、「苟《いやしく》も」は、もしかりに……ならばという意味です。その次の「親しく」は、「親《みずか》ら」と読むこともできるかもしれません。

鷗外は、文献の読解だけでなく、実地踏査の重要性を述べています。現代語訳の「郢の人の文章を燕の人が誤解した故事と同じことだ」は、『韓非子』に由来する「郢書燕説」という成語に基づきます。

郢の国の人が夜、燕の国の宰相に手紙を書いていたとき、灯火が暗かったので、燭台を持つ者に、「燭を挙げよ」と命じました。その命令を誤って手紙に書き込んで燕の国に送ってしまったのです。燕の国では、その言葉が文脈上どういう意味を持つのかあれこれと曲解してしまったという逸話です。鷗外は、西洋の文字だけで、西洋を判断する危険性を「郢書燕説」の故事を使って訴えようとしたのでした。

しかし、第一章でも述べたように、鷗外が実地に踏査した生々しい衝撃や新鮮な驚きを、『航西日記』の中から見出すのは容易ではありません。それでも、冒頭に宣言された実地踏査の重要性は、鷗外が折に触れて実感していたことだろうと察することができるのではないかと思います。

明治十四年（一八八一）、鷗外は医学部を卒業します。「叨《みだ》りに……辱《かたじけな》くす」は謙遜の表現で、もったいなくも……をいただく、の意味で使われています。「学士」の称号はとても重い価値があったことの表れでしょう。大卒の価値が現在とは全然違っていたのですね。

その次に挙げられているのは、鷗外が卒業のときに作った漢詩です。静石のコメントが付いていますが、本書では省き、③句・④句・⑤句・⑥句が踏まえる故事の意味を中心に、順に解説することとします。

③句の「花を観て僅かに覚ゆ　真の歓事」の「花を観て」は、唐代、進士科の合格者たちが、

慈恩寺でアンズの花を見ながら合格を祝ったことを指しますが、ここは大学卒業を意味します。鷗外の卒業式は七月に挙行されたので、どういう花かわかりません。故事を踏まえた表現なので、特定の花を指しているわけではありません。花を見て、自分もやっと喜びをかみしめるということでしょう。

④句の「塔に題して誰か誇らん　最少年」は、「塔」は慈恩寺の雁塔を指し、「題」は書き付ける意味です。唐代、慈恩寺の雁塔に、進士科の合格者たちが姓名を記したことから、ここでは、大学卒業を表しています。また、鷗外が、卒業時に十九歳五か月で、医学科の中で最も若かったので「最年少」といっています。「誰か誇らん」は反語と疑問の二説がありますが、反語で解釈する説を支持したいと思っています。つまり、最年少での卒業は、少しも自慢にならないという意味だろうと思います。

⑤句の「唯だ識る　蘇生の牛後を愧《は》ぢしを」は、「鶏口牛後」の故事を使っています。「蘇生」は蘇秦のことで、『史記』蘇秦列伝に基づきます。戦国時代、蘇秦は小国をまわって「牛の尻に着くより鶏の口の方がよい（寧為鶏口、無為牛後）」と解き、小国がそれぞれ独立を守って同盟を結び、大国の秦に対抗することを勧めました。首席での卒業でなかったことをこのように詠じたのです。

⑥句の「空しく阿逖《あてき》をして鞭先を着けしむ」は、『晋書』劉琨《りゅうこん》伝に見える故事で、友人の祖《そ》逖《てき》の任官を聞き知った劉琨が、祖逖《そてき》は自分より先に馬に鞭打って馬を走らせ功名を得たと語った話に基づきます。「阿」は、近代中国の文豪魯迅の『阿Q正伝』の「阿」と同じく人名につける接頭辞で、親しみを込めて呼びかけるときに使います。日本でも、江戸後期の文人頼山陽《らいさんよう》に「阿正伝《あせい》」があります。おまさという女性の人物伝です。祖逖に先を越されたのは劉琨だったが、自分は同級生にむざむざ先を越されてしまったと、鷗外は詠じています。「先鞭」ではなく「鞭先」となっていますが、これは漢詩の押韻のルールによって句の語順が制約されてしまったせいです。

「蓋《けだ》し」は、思うに……の意、「神《しん》」は、精神、魂の意です。「易北河」はエルベ川、ドイツ領内を流れる大河です。心はもうすでにドイツ、鷗外のはやる気持ちが伝わってきます。「躑《てき》躅《ちょく》」は足踏み、「鞅掌」は仕事が多くて忙しい、「簿書案牘の間に汩没《こつぼつ》する」は、事務文書の間に埋没していることを意味します。勤務を三年続けてめぐって来た留学の機会はとてもうれしく、「喜ばないようにしよう（欲毋喜）」と思っても「できない（不可得）」のでした。

2　横浜出港（明治十七年八月二十四日）

二十四日、午前七時三十分、乗船。船名はメンザレ、フランス人所有の船である。この旅を僕と共にする者は全部で九人である。穂積八束《ほづみやつか》（一八六〇―一九一二）は伊予（愛媛県）出身で、行政学を学ぶ。宮崎道三郎《みやざきみちさぶろう》（一八五五―一九二八）は伊勢（三重県）出身で、法律学を学ぶ。田中正平《たなかしょうへい》（一八六二―一九四五）は淡路島（兵庫県）出身で、物理学を学ぶ。片山国嘉《かたやまくにか》（一八五五―一九三一）は駿河（静岡県）出身で、裁判医学（法医学）を学ぶ。丹波敬三《たんばけいぞう》（一八五四―一九二七）は摂津（大阪府）の人で、裁判化学を学ぶ。飯盛挺造《いいもりていぞう》（一八五一―一九一六）は肥前（佐賀県）出身で、物理学を学ぶ。隈川宗雄《くまがわむねお》（一八五八―一九一八）は福嶋（福島県）出身で、小児科を学ぶ。萩原三圭《はぎわらさんけい》（一八四〇―一八九四）は土佐（高知県）出身、長與《ながよ》稱吉《しょうきち》（一八六八―一九一〇）は肥前（佐賀県）出身で、二人とも普通の医学を学ぶ。出航を見送る人々はすでに散ってしまった。九時、横浜を出発した。

二十四日、午前七時三十分上舶す。舶の名は綿楂勒《メンザレ》。仏人《ふつひと》の所管なり。余と此《こ》の行《こう》を倶《とも》にする者は凡《およ》そ九人なり。曰く穂積八束伊予の人、行政学を脩《おさ》む。曰く宮崎道三郎伊勢の人、法律学を修《おさ》む。曰く田中正平淡路《あわじ》の人、物理学を修む。曰く片山国嘉駿河《するが》の人、裁判医学を修む。曰く丹波敬三摂津《せっつ》の人、裁判化学を修む。曰く飯盛挺造肥前《ひぜん》の人、物理学を脩む。曰く隈川宗雄福嶋《ふくしま》の人、小児科を修む。曰く萩原三圭土佐《とさ》の人、曰く長與稱吉肥前《ひぜん》の人、並びに普通医学を修む。行《こう》を送《おく》る者已《すで》に散ず。九時横浜を発す。

二十四日、午前七時三十分上船。舶名綿楂勒。仏人所管。与余倶此行者凡九人。曰穂積八束伊予人、脩行政学。曰宮崎道三郎伊勢人、修法律学。曰田中正平淡路人、修物理学。曰片山国嘉駿河人、修裁判医学。曰丹波敬三摂津人、修裁判化学。曰飯盛挺造肥前人、脩物理学。曰隈川宗雄福嶋人、修小児科。曰萩原三圭土佐人、曰長與稱吉肥前人、並修普通医学。送行者已散。九時発横浜。

早朝、フランスの海運会社が所有するメンザレ号に乗船し、いよいよ出港です。一緒にヨーロッパ留学する九人の氏名、出身地、専攻分野を列挙しています。出身地はバラエティに富み、九人のうち二人は文系でその他は理系です。静石は「同行の人について詳述するが、後の十客のことを伏《ふ》せている（詳叙同行者、伏後十客）」と評しています。「後の十客」については第3節をお待ちください。九人の経歴は割愛します。気になる方は、新大系本五八一～五八三頁を参照してください。

本文を読み解いていきましょう。「凡《およ》そ九人」の「凡」は用法によって意味が異なっています。

（1）「凡……数量」→「合計して」「合わせて」の意味

陳勝王《おう》たりしは凡《およ》そ六月《りくげつ》なり／陳勝王凡六月　　『史記』陳渉世家）

「陳勝が王だったのは合計して六か月だった」という意味です。この「凡」は数量をひとまとめにする意味を示しています。鷗外もこの意味で使っています。

（2）「凡」を文頭に置く→「全体をおしなべて」「総じて」の意味

凡そ用兵《ようへい》の法《ほう》たる、国を全《まっと》うするを上《じょう》と為《な》す／凡用兵之法、全国為上　　（『孫子』）

この「凡」はここまでの叙述を経て一般化できる事実を掲げようとするときに用います。この例を訳すと、「一般的に言って、戦闘の方法として、国をまるごとすべて手に入れるのを最上の策とする」となるでしょう。文頭に「凡」のついた文章は、書き手の主張や概要を表していることが多いので、文の内容をつかみたいとき、文頭に「凡」のついた文章がないか探すと便利です。

（3）「全体に」「すべて」「あらゆる面」の意味

佗《だ》の絶技《ぜつぎ》は凡《およ》そ此《こ》の類《たぐい》なり／佗之絶技、凡此類也

（『三国志』華佗伝）

「佗」とは、曹操《そうそう》の侍医として有名な、伝説の名医華佗《かだ》のことです。「華佗《かだ》の優れた医術はすべてこのたぐいだった」という意味で、「凡」はあらゆる範囲に及んでいることを表しています。

現在、日本語の「およそ」は、おおまかに言えば、だいたい、といった概略的な意味を持っています。漢文の「凡九人」は、「約九人」ではなくて、「全部で九人」の意味になります。

『航西日記』に戻りましょう。鷗外は、出発に臨んで漢詩を作っていますが、本書では取り上げません。夜、遠州灘で富士山を遠望し、また漢詩を作ります。友だちにたまたま出会ったような気持ちになったといっています。

二十五日は風波が激しく、海は荒れ模様。船酔いに悩まされ、空腹に酒だけを飲んで、キャビンで寝ていました。二十六日の午後、雨がやみました。船旅は始まってすぐに辛《つら》いものとなったのです。二十八日には海は穏やかになります。一日中、甲板で籐《とう》の長椅子に寝そべって過ご

します。二十九日は何事もなく、漢詩を作って過ごしました。旅の仲間を紹介しています。次の節で読んでみましょう。

3　旅の仲間（明治十七年八月二十九日）

二十九日、特に何ということはなかった。「日東十客歌」と題する詩を作った。

①高々とそびえる大きな艦で次々に押し寄せる波を渡り航海する
②日本からの十人の旅人たちはとてもおもしろい
③田中の愉快な話は、山を揺さぶるほど人の心を動かし
④飯盛の飲みっぷりは、大河の水を飲み尽くすほどだ
⑤穂積と長與はもの静かな乙女《おとめ》のようで
⑥ほっそりとした体形は軽いうす絹の重みにも堪えきれないようだ
⑦宮崎はいつも物思いにふけり
⑧片山と似た者どうし
⑨隈川は自由に操れるようにと、フランス語を学んでいる

⑩勤勉でさぼることなく、時間が経つのが速いと残念がっている
⑪丹波はどうして肝っ玉が小さいのか
⑫風が吹いて大波がたつたびにビクビク
⑬なぜか年長の萩原さんは奥さんに未練たっぷりで
⑭咽喉《のど》なめらかに愛の歌を歌い出す
⑮僕だけ閑《ひま》、何もすることがない
⑯いびきは雷鳴のようだが、だれも進んでとがめようとしない
⑰いつの日かヨーロッパをめぐり歩いて見聞を広めたなら
⑱国に帰るとき、果たしてどんな顔付きになっているやら

二十九日、事無し。日東十客歌を作る。曰く、

①峨艦《がかん》を泛《うか》べて長波《ちょうは》を渉《わた》り　②日東《にっとう》の十客　逸興多し
③田中の快談は山嶽を撼《うご》かし　④飯盛の痛飲は江河を竭《つ》くす
⑤穂や長や処女のごとく　⑥清癯《せいく》将《まさ》に軽羅に勝《た》えざらんとす
⑦宮崎　平生沈思多く　⑧他《か》の片山と是《こ》れ同科なり

⑨隈川　学びて操《あやつ》る　法国《ほうこく》の語
⑩孜々《しし》として唯だ惜しむ　日《ひ》の梭《ひ》のごときを
⑪丹波　何ぞ曾《かつ》て豪気無からん
⑫風濤《ふうとう》に遭《あ》う毎《ごと》に　即《すなわ》ち消磨《しょうま》す
⑬底事《なにごと》ぞ　老萩《ろうしゅう》　情未だ尽きざるを
⑭喉《のど》を滑《すべ》りて唱《うた》い出《い》だす　子夜《しや》の歌
⑮独《ひと》り有るのみ　森生《しんせい》の閑《かん》にして事無《ことな》き
⑯鼾息《かくそく》雷のごときも　誰《たれ》か敢《あえ》て呵《せ》めん
⑰他年　欧洲　遊ぶこと已《すで》に遍《あまね》ければ
⑱帰来の面目果《はた》たして如何《いかん》

二十九日無事。作日東十客歌。曰泛峨艦兮渉長波。日東十客逸興多。田中快談撼山嶽。飯盛痛飲竭江河。穂也長也如処女。清癯将不勝軽羅。宮崎平生多沈思。与他片山是同科。隈川学操法国語。孜々唯惜日如梭。丹波何曾無豪気。毎遭風濤即消磨。底事老萩情未尽。滑喉唱出子夜歌。独有森生閑無事。鼾息若雷誰敢呵。他年欧洲遊已遍。帰来面目果如何。

鷗外は、留学仲間九人と自分自身のことを十八行に及ぶ詩にユーモラスに描いています。

③句・④句は、物理学専攻の田中正平と飯盛挺造を登場させます。田中は話し上手な人、飯盛は酒飲みで、前者は山が動くほど、後者は川の水が尽きるほどだと詠じています。

⑤句・⑥句は、穂積八束と長與稱吉です。「処女のごとし」は、次の句から見て、見た目に重きを置いているのでしょう。「清癯」は痩せてすらりとしていること、「軽羅」は軽いうす絹

の意味です。「将に」は再読文字で、今にも……しようとする、「勝えず」は、耐えられないという意味です。衣の重みにも耐えられないという表現は、病弱な男性を形容するときにも使うのですが、うす絹にはそれをまとう美女のイメージがありますから、きゃしゃな少女のような体つきを描写したと解せます。

⑦句・⑧句は、宮崎道三郎と片山国嘉です。どちらも沈思するタイプ。もの静かに思いにふけっていたのでしょう。⑨句・⑩句は、隈川宗雄です。フランス語を一生懸命学んでいる様子が詠じられています。「法国」はフランス、漢語の表記を使って表しています。「梭《ひ》」とは機織りの道具のことで、縦糸の間に投げ入れて横糸を通して機を織っていきます。「梭のごとし」とは時が過ぎるのが速いことの比喩です。続く⑪句・⑫句は、丹波敬三のことです。大波が立つたびにおどおどしている臆病な様子が捉えられています。「何《なん》ぞ曾《かっ》て……ん」は、どうして……なのか、の意。「曾《かっ》て」は過去の経験を述べるときに使いますが、ここでは文を強調するのに使われています。「曾《かっ》て」と読むときの意味とは違うので、「何《なん》ぞ曾《すなわ》ち……」と読む場合もあります（小川環樹『唐詩概説』、岩波書店、など）。まったくなどと訳しますが、訳語に出さなかったりする場合もあります。「消磨」は消えることと磨《す》り減《へ》ること、元気を失い衰えることを意味します。

⑬句・⑭句は萩原三圭をからかっています。「老」は仲間うちで親しみを込めて使う接頭辞です。現代中国語でも「老李」は、李さんの意味です。仲間うちで年長の人に使います。この場合、留学生の中で最年長だった萩原に親しみを込めて「老萩」といっています。「底事ぞ」は「何事」と同じで、どうしたことかの意です。妻帯者だった萩原の「情」とは妻への愛情でしょう。「子夜の歌」は古代中国の歌の題名です。「子夜」は女性の名前で、恋の歌を作って、みずから歌っていたそうです。

⑮句・⑯句は「森生」のこと、つまり森鷗外自身の自画像です。閑《ひま》で何もしていないと詠じていますが、実際にはちゃっかり友だちをからかう内容の詩を作っています。しかも、雷のようないびきをかいていたんですね。自虐的な話題で、笑いを誘う句です。

「敢《あえ》て」は「敢＋動詞」の形で、強い意志を持ってその行動をするという意です。積極的に、遠慮会釈なくという意味のため、訳語に「思い切って」を使うことが多いようです。ここでは、「誰……」という反語の中で使われ、強い意志がないので「無理には……しない」ということです。

「いびきがひどいぞ」と、だれもとがめないのはなぜなんだろう、友をからかう漢詩を書くのでは……と仲間たちが恐がっているからかな、と、詩人は想像しているのでしょう。でも、もう漢詩はでき上がり、友だち九人はからかいの対象とされてしまいました。そこがこの句が言外に持つおかしみです。

⑰句・⑱句は、留学生活、帰国後の自分たちの成長に対して期待を込める形となっています。この人たちについては、前節でも記したように、新大系本を参照してください。

静石は三つのコメントを残しています。まず、「前と対応している（応前）」といっています。「前」とは第2節で言及した「後の十客のことを伏せている（伏後十客）」のことです。九人の説明をしていましたが、自分も含めて十人の旅人について詩を作ったことを、先には隠していたことをいいます。続いて「杜甫の「飲中八仙歌」を換骨奪胎している。だいたい一句で一人物を紹介し、将来のことを述べて締めくくっている。語彙一つ一つを見ればそうではないが、全体として「飲中八仙歌」を踏襲し、よって朗誦するにふさわしい（自飲中八仙歌脱化来、大氐以一句括一人。而以他日結之、不一一而蹈襲。故可誦）」と評しています。唐の杜甫「飲中八仙歌」は、李白など酒好きの八人の酔いっぷりを詠じた長篇詩で、『唐詩選』にも収録され大変知られていました。有名な詩を踏まえている分、上手に踏襲しないと評価されにくいのですが、静石は大いにこの詩を誉めています。「ヨーロッパに名をとどろかしたのは、果たしていびきだけだったのか（欧洲轟名、果然此鼾声）」ともコメントしています。静石は、おどけたことを書くぐらい楽しい気分になったのでしょう。

翌三十日、福建沖を航行し、台湾を望みます。厦門の港口を過ぎ、三十一日夜、香港に着きました。次の節で、香港の記述の冒頭部分を読んでみましょう。

4　香港（明治十七年八月三十一日）

三十一日、午後十時、香港に至る。灯の光があちこちに光っている。近づけば近づくほどその光は多くなる。神戸と少し似ている。夜、急に雨が降ったため船に留《とど》まった。横浜からここまで約千六百海里（二千九百六十三キロメートル）。船の中で雑詩（気の向くままに感じたことを詠じる詩）が二首できたので、左に書く。

①船の上は、家にいる忙しさとは違う
②たっぷり寝て目覚めたら、窓辺に朝の光が差し込んでいた
③時刻《とき》を告げる鐘が何度も鳴り響き起床を促す
④一杯のコーヒーの香《かおり》が何度も漂って来る

①山海の珍味が山盛り
②我が家の貧しい台所を思い出し、一人《ひとり》笑ってしまった
③下働きが縄を引いて二枚の団扇《うちわ》を動かし
④頭上から、涼しい風を送って来る
一般的に、西洋船の食堂では、テーブルのある場所に麻簾《まれん》を二つ降ろして白い布で包んでいる。簾ごとにひもを繋いで、下働きの者にひもを引かせる。締めたり緩めたりすると、麻簾が揺れ動き、扇を動かすかのようだ。詩の中で「双扇」といっているのがこれである。後に香港のホテルや、香港に駐留しているイギリス軍の病院でもこれを設置しているのを見た。

三十一日、午後十時、香港に抵《いた》る。燈火参差《とうかしんし》たり。漸《ようや》く近づけば漸《ようや》く多し。略《ほ》ぼ神戸と似たり。夜、驟《にわか》に雨ふりて舟に宿る。横浜より此《ここ》に抵《いた》ること約千六百海里。舟中《しゅうちゅう》にて雑詩《ざつし》二《に》を得て左に録す。

①舟中《しゅうちゅう》　在家の忙《ぼう》に似《に》ず　②眠り足りて窓前《そうぜん》に曙光《しょこう》を認《みと》む
③鳴鐸数声《めいたくすうせい》　我《われ》に起《お》くるを催《もよお》す　④薦《しきり》に来《きた》り　骨喜《コーヒー》一杯の香《かおり》

①山肴海錯《さんこうかいさく》　玉堆《ぎょくたい》を為《な》し　②寒厨《かんちゅう》を回想して独り自《みずか》ら咍《わら》う
③奴《ど》有り索《さく》を引きて双扇《そうせん》を揺らし　④吾《わ》が頭上《ずじょう》より涼《りょう》を送り来《きた》る
凡《およ》そ西舶の食堂は卓に当たるの処《ところ》、二《に》麻簾《まれん》を弔下《ちょうか》し、包むに白布を以《もっ》てす。簾毎《れんごと》に索《さく》を繫《つな》ぎ、奴《ど》をして之《これ》を引かしむ。一《ひと》たび緊《し》め一《ひと》たび弛《ゆる》むれば、則《すなわ》ち麻簾揺動《まれんようどう》し、扇を揮《ふる》うがごとし。詩中の所謂双扇《いわゆるそうせん》は即《すなわ》ち是《これ》なり。後に香港客館及び停歇《ていけつ》病院も亦《ま》た之《これ》を設《もう》くるを見たり。

三十一日、午後十時抵香港。燈火参差。漸近漸多。略与神戸似。夜驟雨宿舟。自横浜抵此、約千六百海里。舟中得雑詩二録左。舟中不似在家忙、眠足窓前認曙光。鳴鐸数声催我起、薦来骨喜一杯香。山肴海錯玉為堆、回想寒厨独自咍。有奴引索揺双扇、自吾頭上送涼来。凡西舶食堂、当卓之処、弔下二麻簾、包以白布。毎簾繫索、使奴引之。一緊一弛、則麻簾揺動、如揮扇然。詩中所謂双扇即是。後見香港客館及停歇病院亦設之。

香港の夜景は、鷗外が訪れたとき、すでに有名でした。中国人の斌春の『乗槎筆記』や淵邊徳蔵の『欧行日記』などで紹介されています。ちなみに、「参差《しんし》」は、双声の語で、ちらちらのような擬態語です。第11節（二）で説明しますので、お待ちください。ここでの「参差」は、あちこちで灯《ともしび》がまたたいている様子を表しています。

「漸く近づけば漸く多し」の「漸」は、しだいに、だんだんとの意です。現代中国語の「越A越B」、「愈A愈B」が持つ「Aすればするほどますます B だ」という用法と同じです。

鷗外は、二首の漢詩を「雑詩」と称しています。「雑詩」とは感じたことを自由に読んだ詩のことで、二首とも、船での生活の様子を描いています。第一首は朝の光景を詠じています。詩中の「骨喜」は、コーヒーの音訳です。現在は「珈琲」という漢字を当てますね。『独逸日記』を見ると、鷗外はよくカフェに行っています。「骨喜」以外に「骨非」と書いているときもありますし、「珈琲」の二字を使っているときもあります。コーヒーを示す表記はまだ一定していなかったようです。奥山儀八郎『珈琲遍歴』〔新装再版〕（旭屋出版）には貞享元年（一六八四）から明治二十一年（一八八八）までのコーヒーの表記や読み方がなんと六十三種類も紹介されています。

ライプチヒの下宿屋の記述に「朝餐は珈琲と麵包のみにて、房銭は其価をも含めり」（『独逸日記』明治十七年十月二十三日）と見えます。朝のコーヒーは、『舞姫』でも「朝の咖啡果《は》つれば、彼は温習に往《ゆ》き……」と出てきます。香港のコーヒーの香りは、留学生活へ、『舞姫』へと漂っていくのです。

なお、「薦に来たり」の「薦」は「薦に《しきり》」と訓じました。この句はコーヒーの香りが何度も重ねて漂ってくることをいうのでしょう。「鳴鐸」はハンドベルでしょうか。ボーイが朝食の時間を、ベルを使って知らせています。ベルの音は聴覚を、コーヒーは嗅覚を刺激します。西洋スタイルの朝の様子が浮かんで来るようです。この第一首の①句、③句は、成島柳北『航西日乗』に見える、九月十八日制作の絶句の後半「キャビンの窓辺でたっぷり寝てのんびりして特別な事はなにもない、朝食を告げる最初のベルを、座って聞いている（艙窓眠足閑事無、坐聴朝餐第一鈴）」を踏まえています。

第二首はレストランの様子を詠じた漢詩です。前半はレストランで供される食事について、我が家のそれと比べて、豪華なことを詠じます。後半はレストランに設置されている発風機についての描写です。「双扇」という語で表現されていますが、どんなものかわかりにくいため、詩の後に説明を加えています。図は日本郵船の春日丸のレストランの様子です。人々の背後にカーテンのようなものがあります。これは「発風機」といって、扇のように動かして冷風を作る機械です。鷗外のいう「双扇」はこの「発風機」ではないかと、新大系本補注十は推察しています。確かに、図をよく見ると、後ろに人がいて動かしているようです。鷗外の漢詩とその説明に合致しています。

「扇を揮うがごとし」の原文は、「如揮扇然」でした。「如」は「ごとし」ですが、「然」は置き字です。文末に置かれた「然」は語気助詞で、「焉」とほぼ同じように使われます。例えば、『孟子』滕文公下の「〔先生が〕諸侯にお会いにならないのは、お心が狭いようです（不見諸侯、宜若小然）」を書き下し文にすると、「諸侯を見ざるは宜《ほとん》ど小なるごとし」になります。

静石は、詩については「西へ航海する紀行の詩は風景と心情を描写していてすばらしい（航西紀行之詩、景情写得妙）」、この日の記事全体については、「記事は詳しくわかりやすく、油絵を見るようだ（記事詳明、

「一等食堂之図」（『風俗画報』239号，明治34年10月25日）

如見油画）」とコメントを加えています。漢詩が目に見えるかのような生き生きとした表現であるとき、「絵のようだ（如画）」と評することがあります。コーヒーや双扇は東洋的ではないので、従来的な「絵のようだ」という評とは一線を画すため、「油絵のようだ」と述べたのでしょう。

翌日の午後四時、香港に上陸し、日本領事館に行き、夕食を食べました。「刺身やご飯、漬物などの料理があった。それらは十日間洋食を食べていた口を洗い流すのに十分だった（有魚膾米飯醃瓜等之饗。足以一洗十日喫洋饌之口矣）」といっています。和食を食べてホッとしたんでしょうね。

香港では、この後、動植物公園を見学し、イギリス陸軍の病院（「停歇病院」がそれに当たるとの説がある）、イギリス海軍の病院船を視察しています。

5　サイゴン（明治十七年九月七日〜八日）

（一）　川を上る

七日早朝、サイゴン河を遡《さかのぼ》る。両岸はみな平坦な湿地である。草木がさかんに生い茂り、村落を点々と繋いでいく。風景は画のようである。途中、ヤシやソテツで非常に大きい樹木を見た。午後一時、にわか雨が降り、詩ができた。
①寂しい漁村が、途絶えたかと思うとまた連なっている
②船を挟み込むような深い緑は、うっすらと靄《もや》に鎖《とざ》されている
③うれしく思う、このようなヤシの林に降る一陣の雨が
④突然に、ほのかな涼しさを、客船の僕のもとに届けてくれたことを
二時に港に着いた。香港からここまで八百十五海里（約千五百十キロメートル）だった。船が入港すると、ただちに埠頭《ふとう》に接岸して係留された。（すぐに下船できるのだが）、サイゴン市街に出かける船客の中には、サンパンを待つ人もいた。サンパンが速いからである。市街を望み見ると屋根の瓦はみな赤かった。初めてヤシの実を味わった。形はスイカのようで、殻《から》を割ると、ジュースが出て来た。味はとても甘くておいしかった。ヤシの殻はお椀にも杯にもすることができる。この日、軍医本部に報告するのに、香港で病院を見学したことを記した。さらに、故郷への手紙を発送した。

初七日の早《つと》、塞棍河《サイゴン》を溯《さかのぼ》る。両岸皆《み》な平沢《へいたく》なり。艸木蓊然《そうもくおうぜん》たり。村舎点綴《てんてい》す。風景画《え》

のごとし。間《まま》に椰樹《やじゅ》蘇鉄樹《そてつじゅ》の甚《はなは》だ大なるを見る。午後一時驟《にわか》に雨ふる。詩有り。
①寂寞《せきばく》たる漁村断《た》えて復《ま》た連なる　②舟を夾《はさ》む深緑《しんりょく》　軽烟《けいえん》に鎖《とざ》さる
③喜ぶ　他《か》の一陣の椰林《やりん》の雨　④乍《たちま》ち微涼を送り客船《かくせん》に到るを
二時港に達す。香港より此《ここ》に抵《いた》ること八百十五里。舟の入港するや、直《ただ》ちに埔頭《ほとう》に接して駐す。然《しか》れども市街に赴《おもむ》く者、猶《な》お三版《サンパン》を待つ有り。其の捷《すばや》きを取ればなり。市街を瞻《せん》望《ぼう》するに、屋瓦《おくが》皆《み》な赤し。始めて椰子を試みたり。形西瓜《かたちすいか》のごとし。殻《から》を解《と》きて漿《しょう》を得《え》たり。味極めて甘美なり。其の殻は以て椀《わん》と為《な》し盃《はい》と為《な》すべし。此《こ》の日、軍医本部に報ずるに、香港にて病院を観るの事を以てす。又《ま》た郷書《きょうしょ》を発す。

初七日早、溯塞棍河。両岸皆平沢。艸木蓊然。点綴村舎。風景如画。間見椰樹蘇鉄樹甚大。午後一時驟雨。有詩。寂寞漁村断復連、夾舟深緑鎖軽烟。喜他一陣椰林雨、乍送微涼到客船。二時達港。自香港抵此八百十五里。舟之入港也、直接埔頭而駐焉。然赴市街者、猶有待於三版。取其捷也。瞻望市街、屋瓦皆赤。始試椰子。形如西瓜。解殻得漿。味極甘美。其殻可以為椀為盃。此日報軍医本部、以香港観病院之事。又発郷書。

サイゴン河を遡上して、サイゴンの町（現ホーチミン市）に到着します。サイゴンは、『舞姫』

冒頭では「セイゴン」と表記されていましたね（第一章第1節参照）。新大系本補注十八などが指摘するように、この部分は『米欧回覧実記』九十九巻や成島柳北の『航西日乗』や、呉震方の『嶺南雑記』に描かれたことをなぞっています。そのせいか臨場感は乏しいですが、先行する記事を取捨選択した結果、サイゴンの特色が端的に、わかりやすく表現されています。

「両岸皆な平沢なり」は、サイゴン河の両岸に広がるメコンデルタの、起伏のない湿地帯を述べています。「艸木蓊然たり」は草木が生い茂っているさま、「点綴す」は点々と散らばっていることです。「点綴」は慣用的にてんてつと読むこともあります。「椰樹」はヤシの木、「蘇鉄樹」はソテツの木。ヤシもソテツも、南国らしいですね。「塞棍河を溯る……詩有り」の文章は、詩ができるまでに目にしたサイゴン河の風景の特徴をまとめて書いています。

漢詩も、成島柳北の次の絶句（『航西日乗』九月二十五日）を踏まえています。

針路縈回入港門
長流一帯不知源
挟舟雲樹奇於画

①針路を転回し港に入る
②大河は雄大で、河源は遠く
③船を挟むように両岸に並ぶ樹木は、もやがかかって絵よりもすばらしい

④旅人がサイゴンに来るのを手招きしているようだ　　誘得征人到塞昆

鷗外の②句の「舟を夾む」が、柳北の③句を踏まえているのは明らかですね。ただし、鷗外が詠じたかったのはスコールの雨が涼しさを運んでくれた喜びでした。「寂寞たる漁村」は物寂しい漁村、「軽烟」は薄く立ち上るもや。舟を挟み込むような深緑色の熱帯のジャングルのあちこちからもやが立ち上っているのでしょう。温度と湿度が上昇を続ける昼下がり、スコールが降ってきました。「一陣の雨」は、ひとしきりの雨、にわか雨をいいます。ジャングルに降る雨なので「ヤシの林（椰林《やりん》）」を加えて「一陣の椰林の雨」と詠じました。「乍ち」はたちまち、「微涼」はわずかな涼しさ、「客船」は旅人を載せた船です。「客船に到る」は、張継《ちょうけい》「楓橋《ふうきょう》に夜泊《よると》まる（楓橋夜泊）」詩の④句「真夜中の鐘の音が旅人の乗る船に届いた（夜半鐘声到客船）」を想起したのでしょう。張継が蘇州の運河に夜、停泊していた時、旅人の耳に、寒山寺で鳴らされる真夜中を告げる鐘が聞こえてきたというのです。一方、鷗外は、昼下がりにサイゴン河を航行して、スコールのもたらす、微かに吹きそよぐ涼しい風に心地よさを感じています。

「舟の入港するや、直《ただ》ちに埔頭《ほとう》に接して駐す」とありますので、サイゴンの港は外洋船が接岸できる埠頭《ふとう》があったことがわかります。「埔頭」は埠頭のことです。埠頭は市街地に遠く、サンパンで移動しています。小舟を使った水上タクシーです。本書では言及しませんでしたが、サンパンは香港の記述にも出てきます。「猶お有り」の「猶お」は香港でのサンパンの存在を意識していっているのでしょう。「屋瓦皆な赤し」は成島柳北『航西日乗』九月二十五日に指摘があり、ヤシの実については『嶺南雑記』巻下の記述を踏まえています（新大系本脚注二十三など）。ここでも、鷗外は先行する叙述を踏襲し、未知の風物の説明をしています。

「軍医本部に報ずるに、香港にて病院を観るの事を以てす」は、船の中で、香港で視察した病院についてのレポートを作成して、サイゴンから郵

サンパンのイメージ図。各地で多少の差異がある。（画：雨郷悠）

便で東京へ送ったということ、「又た郷書を発す」は、家族への手紙を送ったという意味です。「又」はさらにその上にの意。軍医本部に送った上に、家族にも送ったということです。オフィシャルな連絡でもプライベートの連絡でも郵便が大活躍する時代でした。

ところで「郷書」を『全訳　漢辞海』（三省堂）などで調べると、ふるさとからの手紙を指します。しかし、鷗外は家に送る手紙の意味で使っています。鷗外が間違って使ったのでしょうか。

小島憲之『ことばの重み　鷗外の謎を解く漢語』に、成島柳北や松本白華など明治の文人たちは「郷書」や「家書」などを故郷からの手紙、故郷への手紙の両方の意味で使っているとの指摘があります。しかも明代の高啓《こうけい》（号は青邱《せいきゅう》）という詩人にも発信、着信の両方の意味の「郷書」があるというのです。多くの漢和辞典が家から届く手紙の意を挙げ、家への手紙の意を挙げないのは、後者がかなり珍しい用例だからでしょう。しかし、明治の文人たちは家への手紙の意味に使うことがあり、鷗外もそういう同時代の日本人の用例に従ったのだろうと、故小島憲之氏は推論しています。

鷗外は、サイゴン（九月六日）、シンガポール（九月十一日）、セイロン（九月十八日）、アデン（九月二十六日）と寄港地で必ず家族に手紙を送っています。見聞きした感動を即座に伝える手段を、現在の私たちはたくさん持っています。手紙をひたすら書くほかなかった鷗外は、現在の私たちのコミュニケーションの多様性を羨ましく思うかもしれません。

（二）サイゴンの風景

八日早朝、馬車を雇って、花苑を見に行った。馬は痩せた体躯《からだ》だったが、馬力《ばりき》が強かった。街の土の色は黒いかと思うほどの赤色で、道の両側に植わっている木はエンジュに似ていた。いわゆるニサルプの木である。アサガオやバナナがあった。民家は大変背が低くて小さく、屋根を蔽《おお》ったり扉を編んだりするのにいずれもヤシの葉を使っていた。網を二つの柱の間につなぎ、長椅子の代わりに網を使っているのがあった。室内は多くは土のゆかで、ブタ・カモと同居していた。中国から来た人が店を開いている。販売している果実は、ワンピといい、フトモモといい、いずれも食べてよい。

初八日の早、馬車を傭《やと》ひて花苑を見る。馬痩軀なれども力多し。街上の土色殷赤《あんせき》たり。両辺の種樹槐《えんじゅ》に似る。所謂《いわゆる》尼泊爾弗《ニサルプ》樹なり。牽牛花及び芭蕉有り。民家甚だ矮小なり。屋を覆ひ扉を編むに、皆な椰葉を用う。網を二柱の間《かん》に繫ぎ、榻に代えて之を用うる者有り。又《ま》た竹簾を垂らす者有り。室内多く土床にして、豕《ぶた》と鴨と同居す。多くの支那人廛《みせ》を開く。鬻《ひさ》ぐ所の果は、曰く黄弾、曰く蒲桃《ほとう》、皆な食すべし。

初八日早、倩馬車見花苑。馬痩軀而多力。街上土色殷赤、両辺種樹似槐。所謂尼泊爾弗樹也。有牽牛花及芭蕉。民家甚矮小、覆屋編扉、皆用椰葉、有繫網於二柱間、代榻用之者。又有垂竹簾者。室内多土床、与豕鴨同居。多支那人開廛。所鬻之果、曰黄弾、曰蒲桃、皆可食。

「花苑」はサイゴン市動植物公園のことかと新大系本脚注三十八は指摘しています。有名な公園で、サイゴンに立ち寄った日本人はよく訪れたようです。日本で最初の動物園である上野動物園が開園するのが明治十五年（一八八二）ですから、日本人にとって、とても珍しかったと思います。「殷赤たり」は、殷紅のように黒みがかった赤色を指すかと、新大系本脚注二十六は記しています。「花苑」のことも、街路の土の色のことも多くの旅行記に記されています。エンジュは、「両辺の種樹」つまり道路の両脇に植えられていた樹木で、柳北は「葉が生い茂り、通行人の日除けにふさわしい。街に植えられているのはだいたいエンジュである」と述べています（「唯だ樹木の茂密《もみつ》なる有りて行人の烈日を避くるに宜《よろ》し　街上に栽《うう》る所は大半槐樹なり」、『航西日乗』九月二十六日）。また、ポートサイドの街路でニサルプを見た柳北は、葉はエンジュの

黄弾（上）と蒲桃（下）（画：雨郷悠）

ようでトゲがあり、樹幹はヤナギのようだと記しています（「ニサルプ」と名づくるを観る　葉は槐に類して刺あり　枝幹は柳に似たり」、『航西日乗』十月二十日）。鷗外はこの二つの記述から、サイゴンで見たエンジュのような樹木をニサルプと判断したようです。街路樹として使うニセアカシア（針槐《はりえんじゅ》）のことかもしれません。

「牽牛花」はアサガオ、「芭蕉」はバナナです。柳北が「人家の軒先や垣根に一様にアサガオが植わっていて、花の露がしたたり、バナナは実《み》をつけ庭にたわわになっている」と記述しているところがあります（「人家の簷頭籬下《えんとうりか》一般に牽牛花《あさがお》植て花露《かろ》滴滴《てきてき》たり　芭蕉は皆実を結び累累《るいるい》として園に満つ」、『航西日乗』九月二十六日）。底本とした『航西日乗』（松田清ほか校注『海外見聞集』〔新日本古典文学大系　明治編5〕岩波書店）の脚注二十六が「芭蕉」をバナナと解しているのに従いました。バショウとバナナの違いを柳北が明白に理解していたかどうかわかりませんので、バショウやバナナの類の植物と考えておくのがよいと思います。この柳北の記述の延長上に鷗外の日記があります。民家の背が低いこと、ヤシの葉で屋根を葺いていること、室内は土の床であること、商いをする中国人が多いことなども、先行する旅行記の記述を踏まえて記されています。「黄弾」はワンピ、「蒲桃《ふとう》」はフトモモという果実のことです。『嶺南雑記』下巻に「黄皮果は大きさは龍眼《リュウガン》のようで黄弾ともいう（黄皮果大如龍眼又名黄弾）」、「蒲桃は形は蠟丸《ロウガン》のようで大きさはモモのようだ（蒲桃形如蠟丸大如桃）」と書かれています。

ここには、ニサルプ、アサガオ、フトモモなど、植物や果実の名前が列挙されています。鷗外はどんな植物か、果実かを理解して書き込んだのでしょうか。『航西日記』は「〝旅の表象〟」、「〝事実の表象〟としての側面」（「『航西日記』解説」）があるといわれるように、サイゴンの熱帯性、南国性を喚起するため、植物や果実を道具として使っています。例えば「芭蕉」がバショウかバナナか鷗外もわからなかったのではないかと思われます。ただし、お店で売られているのに、「食すべし」は不自然な気がします。ワンピもフトモモも食べられる、または、食べていいというのは、この前に、ヤシの実のジュースを味わったことが記されていて、本書では省略しましたが、この後に続く文章でビンロウに言及するからではないでしょうか。ビンロウの実は嗜好品として用いるもので、噛みしめていると爽快な気持ちになるとされます（なお著者は台湾で試したことがありますが、爽快な感じを味わえませんでした……）。ワンピもフトモモも、ヤシの果汁のように飲むものでも、ビンロウのように噛むものではなく、食べるものだと注記しておいたと解しておきたいと思います。

なお、「網を二柱の間に繫ぎ、榻に代えて之を用うる者有り」というのは、何を指しているのでしょうか。「榻」は背もたれのないベンチ型の長椅子です。ここはハンモックのことを指すのでしょう。

この後も『航西日記』のサイゴンの記述は続きます。ビンロウのこと、女性の衣装、義足をつけた兵士、花苑の動物たちのことなどです。動物名が列挙されていることについては第一章第４節で述べました。あわせてごらんください。

６　シンガポール（明治十七年九月十一日）

十一日早朝、マラッカ岬、スマトラ島の間を通過する。山脈が断続的に連なり、南北にうねうねと長い。波《なみ》が穏やかでまるで蓆《むしろ》を広げたようである。詩ができた。

①昨夜、風が吹いて大変辛かった
②今朝、風《かぜ》が止んで笑顔も一新した
③世の中の喜びと悲しみはどうしてこれと違うだろうか
④眉をひそめて悩む日もあれば眉を伸ばして晴れやかな日もある

午前八時、シンガポールに到着した。いわゆる新港である。舟が埔頭に接岸するのはサイゴン港と同じだった。岸辺に沿って石炭庫が多い。船に乗って近づいて来る子どもがいる。

銀貨を水中に投げてくれと言い、投げ入れると水に沈んで銀貨を拾ってくる。百回に一回も失敗しない。舟は狭くて小さく、瓜をえぐったかのようである。『嶺南雑記』に「水上生活者は水に入っても沈まずに、お客のために泳いで遺物を取って来る」というのも、これと同類だろう。午前十一時、馬車をやとって色々な寺院や植物園を見学する。街路の土の色が赤いのは、サイゴンと同じである。

十一日の早、麻陸岬《マロッコ》蘇門答臘《スモダラ》の間を過ぐ。山脈断続し、南北に蜿蜒《えんえん》す。波平《なみたい》らかなること席《むしろ》のごとし。詩有り。

①昨夜《さくや》風生《かぜしょう》じ太《はなは》だ苦辛《くしん》す　②今朝《けさ》風止《かぜや》み笑顔《えがお》新《あら》たなり

③人間《じんかん》の悲喜《ひきなん》何ぞ此《これ》に殊《こと》ならん　④一日眉《いちじつまゆ》を攢《あつ》め一日《いちじつ》伸《の》ぶ

午前八時、星嘉坡《シンガポール》に達す。所謂新港《いわゆるニウホルト》なり。舟の埔頭に接すること塞棍港のごとし。岸に沿いて煤庫多し。児童の舟に乗りて来《きた》る有り。銀銭を水中に投ずるを請い、没して之を拾う。百に一を失わず。舟は狭にして小なり。瓜を刳《こ》するがごとし。『嶺南雑記』に「蛋戸《たんこ》水に入りて没せず。毎に客の為に遺物を泅《およ》ぎ取る」と云うも亦た此の類ならん。午前十一時、馬車を僦《やと》いて諸寺院及び花苑を観る。街上の土色の赤、塞棍と同じ。

十一日早、過麻陸岬蘇門答臘之間。山脈断続、蜿蜒南北。波平如席。有詩。昨夜風生太苦辛、今朝風止笑顔新。人間悲喜何殊此、一日攢眉一日伸。午前八時、達星嘉坡。所謂新港。舟接埔頭、如塞棍港。沿岸多煤庫。有児童乗舟来。請投銀銭於水中、没而拾之。百不失一。舟狭而小。如刳瓜。嶺南雑記云、蛋戸入水不没、毎為客泅取遺物、亦此類。午前十一時、倩馬車観諸寺院及花苑。街上土色之赤、与塞棍同。

マレー半島の南端とスマトラ島の間を航行し、シンガポールに到達する個所です。マレー半島の南端を望み見て、山々が断続的に連なり、くねくねと南北に続くと述べています。「蜿蜒」はくねくねと伸びるさまです。『米欧回覧実記』九十九巻はマレー半島について「湾に面して低い丘が多く、山並みは断続的（海湾に平坡多く山脈断続し）」といい、成島柳北は絶句に「南はマラッカ、北はスマトラ、一匹の大蛇が奔るかのようにうねうねと伸びた地形だ（南辺朝陸北蘇門、地勢蜿蜒両蟒奔）」（『航西日乗』九月二十九日）と詠じています。鷗外は「山脈断続」と「蜿蜒」の語を切り貼りするように使っています。「眉を攢《あつ》む」は眉をひそめて憂い顔を作ること、「伸ぶ」は眉を伸ばす意で晴れ晴れとした表情となることを意味します。「新港」は古い港に対して新たに設置された港、「煤庫」は石炭庫のことです。

水に潜って銀銭を取って来るという子どもの見世物は、シンガポール観光の一つとしてよく知られ、当時の日本人の多くが旅行記に書き残しています。『嶺南雑記』巻中の引用に見える「蛋戸」とは水上生活者のことです。鷗外は得た知識を総動員し、子どもたちの見世物の描写に努めています。

「寺院」は仏教寺院だけでなく、イスラム教の寺院やキリスト教の教会も含み、いくつもの宗教が共存するような多文化の社会には、インドネシアの人たちに混じって店を開く華人たちの姿もあります。なお、「花苑」について、新大系本脚注二十八は、ボタニック・ガーデンかと推定しています。ボタニック・ガーデンは、東南アジアで最初にゴムが植えられた植物園です。

ここでも、過去の旅行記を踏襲しています。過去の書き手の指摘を、鷗外もまた指摘したことに重点を置いて解釈するのがよいのではないでしょうか。水上で見世物をして金を稼ぐ子どもたち、移民の華人たち、ゴムを移植した植物園などのシンガポール情報は日本人が共有すべきだということではないでしょうか。その情報の背後にある鷗外の思いは、読者である私たちの想像にゆだねられています。

7　セイロン島コロンボ（明治十七年九月十八日）

十八日未明、コロンボ港に入った。シンガポールからここまで千五百七十海里（二千九百八キロメートル）。港には堤が築かれ、それで大海とを区切っている。思うに、鉄道用を兼ねているのだろう。激しい波が堤に接すると、まっすぐに十丈（三十メートル）の波が上がり、白い泡沫が乱れ飛び、実に驚くべき景観である。人家は赤い瓦が葺いてあり、サイゴンと似ている。サンパンは木をえぐって作っていて、形は狭く小さい。片方の船端に二つの木を縛り、弓のように彎曲している。その端にはフロートが掛けてあり、傾くことがないようにしながら、二人で作業を行っている。舟が来て水を運んでいる。働いている現地人は、くどくど話して、話が絶えない。午前中、驟雨《にわかあめ》が降った。食事後、小さい汽船に乗って上陸し、人を雇ってガイドとした。車を走らせて街を見て回った。現地の人は大きい目で鼻が高く、服装はシンガポールと同じであった。婦人は櫛を挿し、その形は半月のようだった。湖があって蓮が生い茂っている。放牧場があり、牛数十頭を見た。牛は緑の草の上に寝たり起きたりしていた。路傍にはヤシの木、ネムの木、ツナソがたくさんあった。ガジュマルの木もあったが、ねじ曲がり、奇怪で、天まで届くほどの高さで、太陽を遮っていた。呉震方の「谷いっぱいの牛羊を蔽い隠すことができる」という記述はつまりこのことをいっているのである。

十八日、未明、歌倫暴港《コロンボこう》に入《い》る。星嘉坡《シンガポール》より此《ここ》に抵《いた》ること千五百七十里。港澳《こうおう》、堤《つつみ》を築《きず》きて、以《もっ》て大洋を限る。蓋《けだ》し鉄道の用を作《な》すを兼《か》ぬるなり。激浪堤《げきろうつつみ》に触《ふ》るるや、竪立《じゅりつ》十丈《じゅうじょう》、白沫乱飛《はくまつらんぴ》、洵《まこと》に動心驚魄《どうしんきょうはく》の観《かん》なり。人家赤《じんかあか》き瓦《かわら》を葺《ふ》く。塞棍《サイゴン》と殊《こと》ならず。三版《サンパン》、木《き》を刳《こ》して之《これ》を造《つく》る。形狭《かたちきょう》にして小《しょう》、扁舷《へんげん》に両木《りょうぼく》を縛《しば》る。彎曲すること弓のごとし。其《そ》の端挂《はしか》くること浮槎《ふさ》を以てし、傾欹《けいき》すること無からしむ。二人《ふたり》にて之《これ》を行《おこな》う。舟《ふね》有《あ》り来《き》たりて水《みず》を輸《はこ》ぶ。土人《どじん》の服事《ふくじ》する者《もの》、絮語《じょご》、口《くち》に絶《た》えず。午前、驟《にわか》に雨《あめ》ふる。食《しょく》罷《おわ》りて、小瀛船《しょうきせん》に乗りて上陸す。人を雇《やと》いて導《どう》と為《な》す。車を駆《か》りて街衢《がいく》を巡覧《じゅんらん》す。土人は睅目隆準《かんもくりゅうじゅん》にして、服装は新港《ニウホルト》と同じ。婦人梳《くし》を挿《さ》す。形は半月のごとし。湖《みずうみ》有《あ》りて蓮多《はすおお》し。牧牛場《ぼくぎゅうじょう》有《あ》り。牛数十頭《うしすうじゅっとう》を見《み》る。緑艸《りょくそう》の上《うえ》に起臥《きが》す。路傍《ろぼう》に椰樹《やじゅ》、合歓《ねむ》の木《き》、黄麻竹《こうまだけ》多し。榕樹《ようじゅ》有《あ》り、離奇古怪《りきこかい》なり。参天《さんてん》して日《ひ》を遮《さえぎ》る。呉子《ごし》の所謂《いわゆる》「満谷《まんこく》の牛羊《ぎゅうよう》を蔽《おお》うべし」は即《すなわ》ち此《こ》れなり。

十八日、未明、入歌倫暴港。自星嘉坡抵此千五百七十里。港澳築堤、以限大洋。蓋兼作鉄道之用也。激浪触堤、竪立十丈。白沫乱飛、洶動心驚魄之観也。人家葺赤瓦。不殊塞棍。三版剞木造之。形狭而小、扁舷縛両木。彎曲如弓。其端挂以浮槎、令無傾欹。二人行之。有舟来輸水。土人服事者、絮語不絶口。午前驟雨。食罷、乗小瀛船上陸。雇人為導。駆車巡覧街衢。土人眸目隆準、服装与新港同。婦人挿梳。形如半月。有湖多蓮。有牧牛場。見牛数十頭。起臥于緑艸之上。路傍多椰樹、合歓木、黄麻竹。有榕樹。離奇古怪。参天遮日。呉子所謂可蔽満谷之牛羊者即此。

コロンボ港に入港しました。インド洋に浮かび、インド半島の南東に位置するセイロン島（現在のスリランカ島）は、当時イギリスの支配下にあり、植民地経営が行われていました。コロンボの港はセイロン島の南西岸にあり、国際的な寄港地として発展しました。鷗外がここで記したのは、防波堤のこと、土地の人々の様子や暮らしぶり、動植物のことです。順に見ていきましょう。

港の堤にぶつかる大きな波に驚いていますね。新大系本補注二十五によれば、鷗外の『航西日記』以外にもこの防波堤に注目した旅行記があるようですが、防波堤に鉄道の軌道が敷かれていたかどうかなど詳しいことはわかっていないようです。コロンボのサンパンについては、

『米欧回覧実記』九十七巻の記述を踏まえています。大意は次の通りです。

大きな材木をえぐって船を作っているが、その幅は人が乗るのに十分なサイズで、長さは二丈（六メートル）ほど、深さは腰ぐらいである。舟の両側に座布団を置いて、客を座らせる。舟がこのように狭く長いので、水に浮かべると不安定で傾きやすい。そのため、船のへりから弓なりになった材木二つを横に縛り、フロートを付けてバランスを取る。二人で櫂を使って船を動かす。

鷗外の記述と重なっているところが多いですね。

「土人」とは土地の人々という意、「絮語」とは、くどくど言うことです。舟で水を運ぶ土地の人々の言語を聞いて理解できるわけではありません。おしゃべりの絶え間なさに注目して「絮語」と記しているのでしょう。土地の人々については、目鼻の様子、服装、女性のかんざしなどにも注目しています。

湖に浮かぶハス、緑の草で寝起きする数十頭の牛たちなど目に見えるようです。さらに、ヤシの木やネムの木など路傍の木を列挙しています。「黄麻竹」は漢名で、日本ではツナソ（漢字表記は綱麻《つなそ》）と呼ばれます。インド原産で、その繊維はジュートといい、コーヒーや綿花などを入れる袋を作るのに使われます。

「榕樹」についてはやや詳しいですね。ガジュマルを指すと一般的にはいわれていますが、アコウを指す場合もあります。ここで少し説明しておきたいと思います。

「柳州の二月に榕葉がすっかり落ち、偶然できた詩（柳州二月榕葉落尽偶題）」

①役人としての気持ち、旅人としての思い、どちらにしても胸が張り裂けんばかり　宦情羈思共悽悽

②春の半ばで、もう秋の気配、心はますます迷う　春半如秋意転迷

③山のまちに通り雨、花はすっかり散り果てた　山城過雨百花尽

④榕樹の葉が庭に散り敷き、ウグイスが乱れ心地で鳴いている　榕葉満庭鶯乱啼

これは、唐の柳宗元《りゅうそうげん》の絶句です。旧暦の二月といえば春、詩の中では、ウグイスが鳴き、花が散っています。柳州（広西省）に左遷された柳宗元にとって、中央官僚であったときと決定的に違うと思わざるを得なかったのは、榕樹の落葉でしょう。落葉は秋の風物です。ところ

が、旧暦の二月に、花が散るだけでなく、榕樹の葉が庭一面に散り敷くのを見たとき、春と秋が同時に訪れたような感慨を得たのでしょう。下定雅弘氏は「この壮絶とも言える情景に、宗元は自己の命運が極まったことをはっきりと見たのでしょう」(『柳宗元　逆境を生きぬいた美しき魂』、勉誠出版）とおっしゃっています。

この柳宗元の見た榕樹は、アコウの木です。ガジュマルは葉を落としきるような落葉はしないからです。謝漢強編『柳宗元柳州詩文選読』(西安地図出版社）が「大葉と細葉の区別があり、詩で詠じられているのは大葉榕である。大葉榕は毎年、寒さが終わり暖かくなりはじめた旧暦二月にすっかり落葉して、その後新芽を出して成長して葉になる。小葉榕は常緑喬木で、ときには落葉することがあるが、すっかり落ちてしまうことはない」(拙訳・もと中国語）と指摘しているように、榕樹は、植物の分類学から見れば一種類の樹木ではないのです。大葉榕はアコウ、小葉榕はガジュマルのことです。アコウの落葉の特性が、詩人に「自己の命運」を悟らせることとなるとは、美しくも悲しい瞬間です。

また、宋の楊萬里という詩人の絶句「夕暮れどきの散歩（晩歩)」にも次のように詠じられています。

晩暑無涼可得尋　①残暑がひどくて、涼しさを探し出すことができない
小風一點慰人心　②わずかな微風が人の心を慰めてくれた
斜陽砕入高榕樹　③斜陽の光は砕け散るように背の高い榕樹の葉の間に入って行き
翻作青瑤覆作金　④手のひらを上に向ければ青い宝玉となり下に向ければ黄金になる

暑くてたまらないときにも自然は心を癒してくれます。微風が吹いてきて、心の余裕が生じたとき、詩人は、大きな榕樹の木に差し込む夕陽の光に気が付きます。これはガジュマルかアコウかあるいはそれ以外かわかりませんが、現代の植物学の厳しい区分をあてはめる必要はないでしょう。

「離奇古怪」、「参天」、「満谷の牛羊を蔽うべし」は、呉震方の『嶺南雑記』巻下に「大きいのは木陰が十余畝（十数アール）あり、ねじ曲がって奇怪である（大者蔭十餘畝、離奇古怪）」、「榕のたぐいの植物はとりわけ普通の植物とは異なっていて高さは天まで届くほどで、その広さは谷いっぱいの牛羊を蔽い隠すことができるほどだ（榕類、尤非常、高者参青天、其広可蔽満谷之牛羊）」と見えます。『嶺南雑記』で知識として知っていた榕樹を実地に見て、「なるほどこれか」と納得したことでしょう。

帰路のコロンボで、鷗外は後続の船で来るエリーゼのために本を何冊か残したそうで、そのうちの一冊とされる小説の扉にメッセージが書いてあるということです（中井義幸『鷗外留学始末』、岩波書店）。

8　アデン（明治十七年九月二十六日）

二十六日、アデン港に着く。セイロンよりここまで二千百三十五海里（三千九百五十四キロメートル）。港はイギリス人が開港し、紅海の咽喉《のど》のような場所だ。西南側が海に面し、はげ山が周囲を取り囲んでいる。四季を通じて滅多に雨が降らない。見渡す限り荒れ地で、わずかの緑も見えない。地元の人は褐色で髪の毛は黄色く枯れたような色をしている。鼻に穴をあけて金環をつけ、衣服は半身を覆うだけである。アラビア語を使い、英語をまじえて話す。信仰しているのはすべてイスラム教である。土地の人が品物を売りに来る。駝《だ》鳥《ちょう》の羽が最も美しい。この地には貯水池があり、雨水を貯めていると聞いた。ソロモン王によって創られた溜め池だ。見に行こうと思ったが、できなかった。ちょっと体調が悪かったからだ。光明寺三郎に出会う。三郎は外務省書記官で、パリからの帰国者だった。

午後六時に出発する。極めて暑く、寒暑針は華氏九十度（約三十二・二℃）だった。

二十六日、亜丁《アデン》港に至る。錫蘭《セーロン》より此《ここ》に抵《いた》ること二千百三十五里。港は英人《えいひと》の開く所にして、紅海の咽喉《いんこう》なり。西南は海に面し、赭山《しょざん》繞《めぐ》る。四時《しじ》少《すこ》しく雨《あめ》ふる。満目赤野《まんもくせきや》にして寸緑《すんりょく》を見《み》ず。土人は褐色にして、頭髪黄枯《とうはつおうこ》す。鼻は金環《きんかん》を穿《うが》ち、衣半身《ころもはんしん》を掩《おお》う。亜剌伯《アラビヤ》音《おん》を操《あやつ》り、雑《まじ》うるに英語《えいご》を以《もっ》てす。奉《ほう》ずる所《ところ》は皆《み》な回教《かいきょう》なり。土人来《きた》りて貨物《かぶつ》を売《う》る。駝鳥《だちょう》の羽最《はねもっと》も美《び》なり。この地貯水池有《ちちょすいちあ》り、以《もっ》て天水《てんすい》を貯《たくわ》うと聞《き》く。速爾門王《ソルモンおう》の創《そう》する所《ところ》なり。往《ゆ》きて観《み》んと欲《ほっ》すれども果《は》たさず。微恙有《びようあ》るを以《もっ》てなり。光明寺三郎《こうみょうじさぶろう》に邂逅《かいこう》す。三郎《さぶろう》は外務書記官《がいむしょきかん》為《な》りて、巴里《パリス》より帰《かえ》る者《もの》なり。午後六時開行《かいこう》す。熱《あつ》きこと甚《はなは》だし。寒暑《かんしょ》針《けい》は九十度《きゅうじゅうど》なり。

二十六日、至亜丁港。自錫蘭抵此二千百三十五里。港英人所開、紅海之咽喉也。西南面海、赭山繞焉。四時少雨。満目赤野、不見寸緑。土人褐色、頭髪黄枯。鼻穿金環、衣掩半身。操亜剌伯音、雑以英語。所奉皆回教也。土人来売貨物。駝鳥羽最美。聞此地有貯水池、以貯天水。速爾門王所創。欲往観欲而不果。以有微恙也。邂逅光明寺三郎。三郎為外務書記官、自巴里帰者。午後六時開行。熱甚。寒暑針九十度。

アデンはアラビア半島南西端に位置し、紅海の入り口にある港湾都市です。「紅海《こうかい》の咽喉《のど》」は、アデンの地勢を巧みに表現しているといえましょう。古来、地中海とインド洋とを結ぶ要衝の地だったアデンは、一八三九年にイギリス東インド会社の支配下に置かれ、イギリス人の手で給炭基地として開発されました。土地の人々が英語をまじえて話をするのはイギリス支配の土地だからでしょう。『米欧回覧実記』九十六巻は、荒れ地であること、降雨量が少ないこと、アラビア語を操るが英語も解すること、肌が銅色で髪の毛が黄色いこと、半身は裸であること、鼻には金の輪を付けている者がいることなどを記しています。この一節は、『米欧回覧実記』を意識しているのです。

「赭山」の「赭」は赤土、「赭山」は草木が生えていない、はげ山を意味します。「赤野」の「赤」は「赤裸々」という時の「赤」と同じく、何もないという意味を持つため、「赤野」は荒れ野の意味となります。『米欧回覧実記』が造語したとされる「赤野」を、鷗外は使っていますす。『ことばの重み　鷗外の謎を解く漢語』の中で詳しい考証がなされていますので、参照してください。「寸」は「一寸」、「寸緑を見ず」はわずかな緑も見ないことを指します。アデンの自然の特色が描写されています。

「速爾門王《ソロモンおう》」とは、古代イスラエルの王ソロモン（紀元前九六一―前九二二頃？）のことです。『旧約聖書』に言及されている、イスラエル統一王国三代目の王で、「ソロモン」とはヘブライ語で「平和な人」を意味します。商業を重んじ、エジプト、アラビア、紅海、地中海沿岸の国々と交易を推進し、経済的に豊かな国を作ったそうです。豊かな財力はエルサレム神殿の造営に使われ、文化の発展にも寄与したのですが、重税と徴用に国民の不満が募り、ソロモン王の死後、王国は分裂してしまいました。貯水池は、通称アデン・タンクといい、大小のダムが水路で結ばれたものです。残念ながら、アデン・タンクを鷗外は見に行くことができませんでした。体調がよくなかったからです。「微恙」といっています。軽い病気の意味です。「恙《よう》」の訓読みは「つつが」で、ツツガムシという虫を意味します。ダニの一種で、ツツガムシの幼虫に刺されると急性の伝染病「ツツガムシ病」が発生します。

「恙無《つつがな》し（無恙）」という語があります。ツツガムシにやられていないということですが、後に、相手の安否を尋ねる語として、手紙でよく使われました。日本語で書く手紙にも「恙なくお過ごしでしょうか」などと使いますから、日本人にもなじみのある言葉です。そもそも古くから使われている漢語で、『楚辞』九弁の「天帝の広く大きな徳を頼みとし、国に帰って、王様のお元気なうちにまにあいたい（賴皇天之厚德兮、還及君之無恙）」を端緒とします。『楚辞』

の朱子の注である『楚辞集註』巻六では、「一説には虫がお腹に入って人の心を食べるという（一日虫入腹食人心）」と記されています。まさに病は気からというわけですね。鷗外は暑さに参ってしまっただけで、ツツガムシ病にかかったというわけではありません。なお、『舞姫』冒頭で主人公の豊太郎がベルリンから日本への復路の船旅を回想している中に、「微恙《びよう》にことよせて房《ぼう》の裡《うち》にのみ籠《こも》りて、同行の人々にも物言うことの少《すくな》き」という一節があります。

さて、鷗外はアデンでは光明寺三郎に会いました。「邂逅」とは偶然に出会うことを意味します。ばったり出会った日本人のことを、姓名、職業、どこから帰国するかなど記していますね。印象に残ったことなのでしょう。ちなみに、光明寺三郎は、周防国三田尻（山口県防府市）生まれで、明治三年（一八七〇）フランスに留学、明治十一年（一八七八）パリ大学を卒業し、法律学士となりました。帰国後、記者となりますが、太政官権少初期官、外務省少初期官など歴任し、明治十五年（一八八二）から明治十七年（一八八四）の間、在仏公使館書記官を務めました。鷗外との出会いは、フランスからの帰路のことでした。

なお、現在、日本では温度は摂氏《せっし》（セルシウスが創始した摂氏温度）で測りますが、鷗外は華《か》氏《し》（ファーレンファイトの創始した華氏温度）を使っています。

9　スエズ（明治十七年十月一日）

十月一日、空気が冷たくて秋らしい。寒暑針は華氏六十七度（約十九・四℃）だった。午前六時、スエズ港に到着した。アデンよりここまで千三百十四海里（二千四百三十四キロメートル）である。スエズ港は紅海が尽きたところに位置する。四方は荒野で、毎年降雨量が少ない。鉄道がアレクサンドリアに通じている。十時、船が運河に入った。運河は長さが百マイル（約百八十五キロメートル）、深さは七十二フィート（約二十二キロメートル）だが、幅はあまり広くない。大きな船が出会うと、一方を待避させ、一方を通過させる。南はスエズから、北はポートサイドに至る。ムハンマド・アリーによって開鑿《かいさく》され、工事管理者はフランス人学士レセップスである。運河の開通に成功したのは十五年前だという。運河に入ると、両岸の土の色はすべて黄色い。芽吹いたススキがあり、カワヤナギがある。堤防の上には電線が幾筋か架け渡されている。ところどころに板屋が作られ、運河を維持・補修する人々が住んでいる。また、小さな汽船があって、運河の川底の泥をさらっている。夜、月が明るく輝いた。運河の中に停泊する。詩ができた。

①河を浚《さら》って開削に成功するとは破天荒なことだ
②地下に眠るフランス王ナポレオンもきっとびっくりするにちがいない
③喜望峰の前を、もう一隻の船も通過しない
④喜望とは名ばかりで、もう十五年経ってしまった

十月初一日、気の冷ややかなること秋のごとし。寒暑針六十七度。午前六時、蘇士《スエス》港に至る。亜丁《アデン》より此に抵ること千三百十四里。蘇士《スエス》港は紅海の尽《つ》くる処に在り。四境赤野《しきょうせきや》にして、累年少《すこ》しく雨ふる。鉄路有りて歴山府に通ず。十時、舟を放ち運河に入る。運河は長さ百海里、深さ七十二英尺《フィート》、幅員甚しくは闊《ひろ》からず。巨艦相逢えば、則ち一を避けしめ一を過ごさしむ。南は蘇士《スエス》に起こり、北は卜崽《ポルトサイド》に至る。埃王鴉礼《あいおうアリー》の鑿開《さくかい》せし所にして、督工者《とくこうしゃ》は仏国《ふっこく》学士列色弗《レッセフス》氏為《な》り。其の功を成《な》せしは十五年前に在りと云う。河口に屋有《おく》り。環《めぐ》らすに翠樹を植えたり。蓋《けだ》し収税《しゅうぜい》の衙《が》なり。河に入れば、則ち両岸の土色皆《み》な黄なり。芒《すすき》の抽芽《ちゅうが》する有り。又《ま》た水楊有り。堤上に電線数条を架す。所所《ところどころ》に板屋《いたや》を築き、河道を守る者、之に居《きょ》す。又《ま》た小瀛船有り。河道を濬治《しゅんち》す。夜、月明らかなり。河中に泊す。詩有り。

①河を濬《さら》いて功《こう》就《な》るは破天荒《はてんこう》　②地下応《まさ》に驚くべし仏朗《ふつろう》王
③喜望峯前《きぼうほうぜん》　人到らず　④名は虚《むな》し　十有五星霜《じゅうゆうごせいそう》

十月初一日、気冷如秋。寒暑針六十七度。午前六時、至蘇士港。自亜丁抵此千三百十四里。蘇士港在紅海尽処。四境赤野、累年少雨。有鉄路通歴山府。十時放舟入運河。運河長百海里、深七十二英尺、幅員不甚闊。巨艦相逢、則避一過一。南起於蘇士、北至於卜崽。埃王鵄礼所鑿開、而督工者為仏国学士列色弗氏。其成功在十五年前云。河口有屋。環植翠樹。蓋収税衙也。入河、則両岸土色皆黄。有芒抽芽。又有水楊。堤上架電線数条。所所築板屋、守河道者居之。又有小瀛船。濬治河道。夜月明。泊河中。有詩。濬河功就破天荒、地下応驚仏朗王。喜望峯前人未到、名虚十有五星霜。

二十℃を切り、空気が冷たく感じられるようになったようです。「十月初一日」は、十月の最初の一の付く日つまり十月一日のことです。スエズ港の位置、自然や天候に言及しています。「赤野」は荒野のことです。この「赤」はアデンで説明しましたね。「歴山府」はアレクサンドリア、ナイル川デルタの北西端で、地中海に臨み、エジプト随一の貿易港です。

十時、いよいよスエズ運河に入りました。スエズ運河が一八六九年に開通する前は、南アフリカ共和国ケープ半島の南端に位置する喜望峰を経由しなければ、ヨーロッパからインド洋に向かうことができませんでした。スエズ運河の開通により、ヨーロッパ諸国とアジアとの交流が活発になりました。スエズ運河の着工は一八五九年、着工の前年にはイギリスによってスエズ↓カイロ↓アレクサンドリアの鉄道も敷かれています。

スエズ運河は世界で最も短い海路で、現在も世界で最も頻繁に利用されています。南は紅海側のスエズ、北は地中海側のポートサイドです。運河通過の所要時間は現在は十五時間ですが、開通当初は平均四十八時間かかったそうです。

フランス人レセップス（一八〇五―一八九四）がエジプトの協力のもとに一八五九年に着工し、十年後の六九年に完成させました。レセップスは外交官として各地を歴任していました。在職中に知己を得たムハンマド・サイード・パシャがエジプトの副王になったのを機に、副王の支持を取り付け、スエズ運河の開削に着手します。エジプト政府から総裁に任命され、ナポレオン三世の激励と支援も得ました。漢文で「埃王《あいおう》鵶礼《アリー》」と書いています。「埃王《あいおう》」は埃及《エジプト》王、「鵶礼《アリー》」はムハンマド・アリー（一七六九―一八四九）の意です。オスマン帝国のエジプト太守でしたが、勢力を拡大し、ムハンマド・アリー朝の始祖となり、エジプトの政治、経済の近代化を図りました。スエズ運河は、アリーが開削を計画、息子のサイードが着工、イスマイールの時代にようやく完成しました。鷗外が通過したときは、スエズ運河の完成から十五年が経っています。

「河口に屋有り」から「河道を濬治す」までは、明治十七年（一八八四）当時のスエズ運河の風景です。建物があること、堤の上の電線、植樹されている樹木のことなどを描写しています。「収税《しゅうぜい》の衙《が》」は、文字通りは通行税を徴収する役所の意ですが、運河の通航代金を徴収する施設を、重々しく表現したのでしょう。運河の底に泥がたまるので、常々メンテナンスをしなければなりません。そのための工事の人々の住まいなどにも注意していますね。

漢文の語法としては次の四点に目を向けましょう。

まず、部分否定の表現「幅員甚しくは闊《ひろ》からず」です。幅がすべて広いとは限らないという意味です。部分否定とは一部分を肯定することです。ここでは、一部は幅が広いが、それ以外は狭いということです。部分否定と全部否定の表現を、表で比べてみてください。

不甚闊	甚しくは闊《ひろ》からず	すべて広いとは限らない	部分否定	不＋副詞＋形容詞（不＋甚＋闊）
甚不闊	甚だ闊《ひろ》からず	全然広くない	全部否定	副詞＋不＋形容詞（甚＋不＋闊）

次に、「巨艦相逢えば、則ち一を避けしめ一を過ごさしむ」と「河に入れば、則ち両岸の土

色皆《み》な黄なり」の「……ば則ち」に目を向けてください。「逢えば」は、「もしも逢えば」の意味で仮定条件を作っています。「入れば」は確定条件です。古典文法では、前者は「未然形＋ば」、後者は「已然系＋ば」で区別していますが、漢文ではその区別をしないことが多いようです。次の表で確認してください。

	訳	中古文法	近世文法	現代文法
確定条件	～ので… ～とすると…	已然形＋ば 〔あへば〕	已然形＋ば 〔あへば〕	仮定形＋ば 〔あえば〕
仮定条件	（もし）～ならば…	未然形＋ば 〔あはば〕		

条件句の作り方　〔　〕内は「あふ（現代語は「あう」）」を例にした場合。

『史記』項羽本紀の「吾聞先即制人、後則為人所制」を例にしてみましょう。秦末、各地で反乱が相次ぐ中、会稽の長官が項梁に言った言葉です。「先んずれば人を制す」は故事成語として今も使います。次の表を見てください（ここの「即」は「則」と同じ用法）。構造をわかりやすくするために、原文、英訳、書き下し文、現代語訳の順に並べます。英訳は『Du's Handbook of Classical Chinese Grammar』（*Writersprintshop;Annotated* 版）、書き下し文、現代語訳は、私《わたくし》につけたものです。「已然形＋ば」が「if...」に相当しているわけです。

吾聞先即制人、後則為人所制
I have heard that if [you do it] first, then you control others, but if [you do it] later, you are controlled by others.
吾聞く、先んずれば即ち人を制し、後《おく》るれば則ち人の制する所と為ると。
私は次のことを聞いています。「先手を取れば人を支配することができるが、後手にまわると人に支配されてしまう」と。

三番目に注目していただきたいのは、「巨艦相逢えば、則ち一を避けしめ一を過ごさしむ」の後半部分の「しめ」「しむ」です。これは意味上の使役といいます。もとの漢文には使われていませんが、意味を理解しやすくするために、便宜的に「しむ」という使役の助動詞を付けて訓読しています。

最後に、「其の功を成《な》せしは十五年前に在りと云う」の「云う」を考えてみましょう。もとの漢文を改めて書き出してみます。

其成功在十五年前云

「云」の目的語は何でしょうか。直前の「其成功在十五年前」が「云」の目的語に当たります。漢文はこのような場合「動詞＋目的語」の語順で語ります。つまり、

云其成功在十五年前

と書くべきでしょう。なぜこのような書き記し方をしているのでしょうか。

これは日本人にありがちな誤りです。言語習得研究の用語を使えば、母語の干渉によるものということができます。日本語が「目的語＋動詞」の語順で記す言語であるために、漢文では「動詞＋目的語」としなければならないのに、日本語風に記してしまったわけです。英語の先生に、「日本人的な誤りですね」といわれたことはありませんか。同じことは漢文でも起きるのです。別の例を一つ挙げておきましょう（原文の語順に注目していただけるように、「原文（書き下し文）」で例示します）。

紅杜鵑粧点於其間、猩血如滴（紅《くれない》の杜鵑《とけん》其《そ》の間《かん》に粧点《しょうてん》し、猩血《しょうけつ》滴《したた》るがごとし）

これは、齋藤拙堂《せつどう》（一七九七―一八六五）の「岐《き》蘇《そ》川《がわ》下《くだ》りの旅行記（下岐蘇川記）」（『拙堂文集』巻二）の一節です。岐蘇川とは木曽川のこと。拙堂は伊勢の津（三重県津市）の藩士で、天保八年（一八三七）、江戸から津への帰途、中山道を通り、美濃の伏見から伊勢の桑名まで、木曽川を舟で下りました。拙堂が川下りをしたルートの中、伏見から犬山まで約十二キロメートルの渓谷は、景勝の地とされています。大正時代に入り、地理学者志《し》賀《が》重昂《しげたか》（一八六三―一九二七）が、ドイツのライン川の渓谷にたとえ、「日本ライン」と命名しています。

例に挙げた一文は、木曽川の岸辺に咲いている真っ赤なツツジの花について述べています。川を下ったのが旧暦五月のことだったので、ツツジの花が鮮やかに咲いていたのですね。「紅色のツツジの花がその間《あいだ》を彩《いろど》るように点々と咲いて、真っ赤な血が滴り落ちるかのようだ」という意味です。「その間」というのは、前の文からの続きで、指示語を使っています。岸辺のごつごつした岩に土が載っていて、さらにその上に松の木の緑が見えていることを示しています。

ところで、原文と書き下し文を見比べ、「変だな」と思うところはありませんか。紅色のツツジの花の点々と咲いているさまが、鮮血が滴り落ちるようだという意味から、改めて漢文を作ってみましょう（原文の語順に注目していただけるように、「原文（書き下し文）」で例示します）。

紅杜鵑粧点於其間、如猩血滴（紅《くれない》の杜鵑《とけん》其《そ》の間《かん》に粧点《しょうてん》し、猩血《しょうけつ》滴《したた》るがごとし）

傍点の個所に注目してください。「如」の下に「猩血滴」の三文字を置くべきではないでしょうか。書き下し文にすると差異が出ませんが、もとの拙堂の漢文の語順はちょっと不自然ですね。

このように、日本語を母語とする者にとって、母語の干渉による誤りは避けられません。日本人の漢文は、日本語と漢文の語構成や語彙の差異を浮き彫りにしてくれることがあり、日本語について考える契機ともなり得ます。そのためにかえって、日本人の漢文は魅力的だともいえるのです。

さて、本節の最後に、漢詩を味わいましょう。

①句の「破天荒」は今まで誰も思いも及ばなかったことという意味の故事成語です。「天荒」は天地開闢以前の状態、荒れはてた土地という意味です。唐の時代、荊州は、官吏の登用試験

に及第するような優秀な人物を輩出したことがありませんでしたが、大中四年（八五〇）、劉《りゅう》蛻《ぜい》が及第し、崔魏公が「天荒を破った」と称した故事（『唐摭言』巻二）に基づきます。ちなみに、『漢英双解成語詞典』（商務印書館国際有限公司）では、「破天荒」の英訳と詳注は表のように書かれていました。あわせて参照してください。

破天荒
to be unprecedented / to occur for the first time / unheard-of / to take the extraordinary step
破, to break; 天荒, an unreclaimed wasteland, meaning unprecedented things. (Met) to be the first to do sth. (E.E.) breaking into virgin ground.

②句の「仏朗王」には次のような自注がつけられています。

初め拿破崙《ナポレオン》一世、埃及《エヂプト》に征《ゆ》き、河道を開かんと欲するも、果たさず。第二、故《ゆえ》に及ぶ

初拿破崙一世、征埃及、欲開河道、不果。第二故及

「当初、ナポレオン一世がエジプト遠征のとき、運河の開削をしようとしたができなかった。第二句はそのために言及した」という意味です。詩人自身の注があるので、②句の意味が取りやすくなっています。「応に……べし」は再読文字で、きっと……だろう、きっと……にちがいないの意です。

③句の「人到らず」とは、スエズ運河が開削したおかげで、ヨーロッパからアジアを目指すとき、喜望峰回りの航路を選ぶ船が一隻もないという意味です。

④句の「名」は「喜望」という名、「星霜」は歳月の意です。句全体では、「喜望」という美しい名前もむなしく、誰に省みられることもなく十五年の歳月が過ぎたという意味になります。

この絶句は、スエズ運河を開通させたレセップスの偉業をたたえた詠史詩（歴史を詠じた詩）に仕上がっています。静石は「「破天荒」の三字をこのように的確に使ったのをいまだに見たことがない。地名の解き明かし方はこれまででもっともすばらしい（破天荒三字、未見用得如此的確者。釈地名、至此尤奇）」とコメントしています。後半のコメントは、「喜望」の二字が、地名ではあるけれど、実字として持つ「喜ばしい、望ましい」という意味を響かせて使われていることについての賛辞です。

10　クレタ島を望む（明治十七年十月四日～六日）

四日、クレタ島を望む。これがヨーロッパの土地を目にする最初である。

五日、風波《ふうは》が起き、船がゆらゆらと揺れて止まらない。イタリアの山脈を眺めた。草木は少ないけれども、山肌のひだが細かく、万物を育てる生命力を多少なりとも備え、アラビアの死の山とは異なっている。ようやく山麓に近づくと、村落、田園、鉄道、橋梁などが見えた。樹木も生い茂っている。エトナ山を眺めた。噴煙や雲が立ち込めて暗く、ぼんやりとしか見ることができない。夜、シシリー海峡を通過した。船が海峡の中を通るとき、水面は少し穏やかであった。メッシナはごく間近に位置していた。詩ができた。

①ガマで編んだ帆を張った船が二つ、三つと浮かんでいる

②あたり一帯の潮の流れが、うす紫色の霧にけぶる山々を遠ざけている

③数多くの高い建物が見えるが、灯火はまだついていない

④夕暮れの靄《もや》がメッシナの町を包み隠している

夜になって、雨が降った。

六日、風波は前日と同じようだった。午後四時、サルジニア島の山々を眺めた。十時、コルシカとサルジニアの間、ボニフォシオ海峡を通過した。コルシカというのはナポレオン一世が生まれた土地である。そして、サルジニア島の北にあるカブレラ島にガリバルディの旧宅がある。今、この付近を訪れて、心が揺さぶられ、詩が二首できた。

①かつてのできごとは雲のように消え失せ、追いかけることができない
②英雄ナポレオンの故郷はコルシカ島の水際《みずぎわ》の町
③いつかヨーロッパを片っ端から攻め取ろうと思った彼の志は
④小さな庭園で沈思していた時から抱いていたのだろう

①ガリバルディの目覚ましい活躍ぶりはアメリカにも及んだ
②生涯、個人的な恨みで戦うことはなかった
③「自由」という言葉は鉄よりも堅い
④ガリバルディの行動を思えば、英雄がいつでも人を欺くとは限らないのだ

初四日、干第呀嶋《カンデヤ》を望む。是《こ》れ欧洲の土壌を視るの始めと為《な》す。

初五日、風波《ふうは》起き、舟蕩揺《とうよう》して止《や》まず。伊太利《イタリー》の山脈を望む。草木《くさき》少《すく》なしと雖《いえど》も、皺《しゅう》紋緻密《もんちみつ》にして、稍《や》や生気を帯び、亜刺伯《アラビヤ》の死山の比に非《あら》ざるなり。漸《ようや》く山麓に近づけば、則ち村落、田園、鉄路、橋梁を見る。樹木も亦《ま》た繁茂《はんも》す。葉多朶山《エトナ》を望む。烟雲晦冥《えんうんかいめい》にして、明視すべからず。晩、細々里《シシリー》海峡を過ぐ。舟、峡中を行くに、水面稍《や》や平らかなり。墨西南《メッシナ》府は目睫《もくしょう》の間《かん》に在《あ》り。詩有り。

①蒲帆《ほはん》両両《りょうりょう》又《ま》た三三《さんさん》　②一帯の潮流　紫嵐《しらん》を隔《へだ》てり
③多少《たしょう》の楼台燈《ろうだいともしび》未だ点ぜず　④暮烟《ぼえん》深く鎖《とざ》す墨西南《メッシナ》

夜、雨ふる。

初六日、風波昨《さく》のごとし。午後四時、泊第尼《サルジニヤ》の山脈を望む。十時、哥塞牙《コルシカ》、泊第尼《サルジニヤ》の間を過ぐ。哥塞牙《コルシカ》なる者は拿破崙《ナポレオン》一世の生まれし所の地なり。而《しか》して泊第尼《サルジニヤ》の一島に噶爾杷日《ガルバルヂー》の故宅《こたく》有《あ》り。今此《こ》の境《きょう》を過《よぎ》るに感無《かんな》きこと能《あた》わず。詩二首を賦して曰く

①往時《おうじ》雲のごとく追うべからず　②英雄《えいゆう》の故里《こり》　水《みず》の涯《きわ》
③他年　欧洲《おうしゅう》を席捲《せっけん》せんとするの志　④已《すで》に小園沈思《しょうえんちんし》の時《とき》に在《あ》り

①赫赫《かくかく》たる兵威　米洲《べいしゅう》に及ぶ　②平生《へいせい》の戦闘　私讐《ししゅう》を捨てたり

③自由《じゆう》の一語《いちご》　鉄《てつ》よりも堅《かた》し　④未《いま》だ必《かなら》ずしも英雄詭謀《えいゆうきぼう》多《おお》からず

初四日、望干第呀嶋。是為視欧洲土壌之始。

初五日、風波起、舟蕩揺不止。望伊太利山脈。雖少草木、而皺紋緻密、稍帯生気、非亜刺伯死山之比也。漸近山麓、則見村落、田園、鉄路、橋梁。樹木亦繁茂。望葉多胗山。烟雲晦冥、不可明視。晩過細細里海峡。舟行峡中、水面稍平。墨西南府在目睫間。有詩。蒲帆両両又三三、一帯潮流隔紫嵐。多少楼台燈未点、暮烟深鎖墨西南。夜雨。

初六日、風波如昨。午後四時望泊第尼山脈。十時過哥塞牙、泊第尼之間。哥塞牙者拿破崙一世所生之地。而泊第尼一島有噶爾杷日之故宅。今過此境、不能無感。賦詩二首、曰、往時如雲不可追、英雄故里水之涯、他年席捲欧洲志、已在小園沈思時。赫赫兵威及米洲、平生戦闘捨私讐、自由一語堅於鉄、未必英雄多詭謀。

いよいよヨーロッパが見えてきました。干第呀嶋《カンヂヤ》とはクレタ島のこと、エーゲ海に浮かぶ最大の島です。古代にはミノア文明（クレタ文明）が繁栄しました。クノッソス宮殿で知られますが、クノッソスの遺跡はイギリス人考古学者エバンズが一九〇〇年から発掘し始めるので、明治十七年（一八八四）には知られていません。

次に見えて来るのはイタリアの山々、アペニン山脈です。『米欧回覧実記』九十五巻では「むき出しの岩の山々がごつごつと切り立って起伏があり、山ひだは大変細かく……（引用者中略）……死の山である（赭岩ノ山嶄巌トシテ起伏シ、皴皺甚タ細ニ……（引用者中略）……死山ナリ）」といっていますが、鷗外は、アラビアの死の山とは異なることを指摘しています。山麓の凹凸が緻密であるところに、万物が成長する可能性を見出しました。『礼記《らいき》』月令に、季春の月（陰暦の三月）は「生気がまさに盛んになり、陽気が漏れだす（生気方盛、陽気発泄）」と見えます。「生気」は活力、生命力を意味します。船が陸地に近づくと、見えて来たのは、村落、田園、鉄道、橋梁。これらは、人間の営みを象徴するかのようです。遠目には草木が少ないようでしたが、生い茂っているようです。

次にエトナ山が見えてきました。シチリア島にある活火山です。高さは噴火によって変化し、三千三百二十三メートルとも三千三百五十メートルともいわれます。「烟雲《えんうん》」は噴煙と雲、「晦《かい》冥《めい》」は噴煙と雲が立ち込めて暗くなっていることです。エトナ山をはっきりと見ることはできなかったのですね。

夜、シチリア島とカラブリア半島の間にあるシシリー海峡を通過しました。メッシナ海峡とも呼ばれます。岩礁があり、渦が巻くために、水夫たちから恐れられているそうです。鷗外が水面が穏やかだとわざわざいっているのはそのためでしょう。メッシナの町はシチリア島の北東端にある海上交通の要地です。

船から見た海峡の風景とメッシナの町に感じることがあったのでしょう。鷗外は、海峡に浮かぶ船、潮流、潮流の向こうに見える山々とその麓にあるメッシナの町を、絶句で詠じました。

①句の「蒲帆」は、ガマの葉で織った船の帆のことです。ガマは淡水の水辺に生える植物です。シシリー海峡に点々と浮かぶ船の帆がガマでできていたかどうかということはわかりません。ここは素朴な帆かけ船が浮かんでいるイメージが重要で、素材が何かを追求する必要はありません。唐の李賀に「渚のくらがりに浮かぶガマの帆掛け船はまるで絵のようだ（渚暝蒲帆如一幅）」（「江南弄」詩）という句があります。一幅の絵のような風景の要素となる帆かけ船ということです。「潮流」はシシリー海峡の潮の流れ、「紫嵐」は山々にたなびく霞を指します。

②句は、町の明かりがまだ灯《とも》されていないことを詠じています。鷗外の想像力を刺激したのかもしれません。「多少の楼台」は、唐の杜牧「江南の春の絶句（江南春絶句）」に見えます。

①見渡すかぎりウグイスの鳴き声がして、若葉の緑が紅色の花に照り映える

千里鶯啼緑映紅

②水辺の村にも山辺の里にも酒屋の旗が風にはためく　　水村山郭酒旗風
③南朝以来の歴史ある四百八十もの寺院　　南朝四百八十寺
④いくつあるかもわからない高い建物がけむるように降る雨にかすんでいる　　多少楼台煙雨中

「多少の楼台」の「多少」は、いくつあるかわからないということで、多数の、という意味です。「多少」の「多」の方に意味の重点が置かれています。

この絶句は、揚州で作られました。揚州は長江の北岸にある都市で、隋の煬帝が建設した大運河の西岸に臨み、商業都市として繁栄しました。鑑真和上が住職だった寺もあり、日本人には身近な都市です。

④句の「暮烟」は夕方にたちこめる靄《もや》のことで、靄のせいでメッシナの町そのものがぼんやりとしか見えていません。杜牧の絶句を手がかりに、海峡から見える建物群の中に歓楽街もあり、居酒屋もあるだろう、宗教施設もあるにちがいないと想像を広げたのではないでしょうか。この日は、夜になって雨が降ってきました。さきほどの杜牧の詩にも「けむるように降る雨（煙雨）」の語が使われていましたから、雨の揚州とメッシナがいっそう重なって感じられたか

もしれません。

翌十月六日、風も波も穏やかだったようです。「昨のごとし」は、昨日のようだという意味。ナポレオン一世（一七六九—一八二一）の故郷コルシカ島とサルデーニャ島との間の海峡を通過しました。ボニファシオ海峡です。「泊第尼《サルジニャ》の一島」はカブレラ島のことです。ガリバルディについては後で説明しましょう。

二首の絶句のうち、第一首はナポレオン一世について詠じています。①句はナポレオン一世の時代が過ぎ去った昔のことだといい、②句で英雄ナポレオンの故郷が水辺の町だということを述べています。③句と④句は、ナポレオンが世に出る前にコルシカ島に住んでいた頃のことに思いを馳せています。「他年」は将来のいつかの年のことです。「席捲《せっけん》」は席《むしろ》を捲《ま》くという意味で、むしろを巻くように、片端から土地を攻め取ることをいいます。ナポレオンの戦いぶりを表現するにふさわしい成語といえましょう。④句の「小園」は小さい庭園、「沈思」は深く思うこと、志の大きさを詠じた③句とは対照的に、空間の小ささに焦点を当てた句となっています。

第二首は、ガリバルディ（一八〇七—一八八二）について詠じています。イタリア統一のために戦った人物です。革命運動に参加し、南アメリカに亡命。ブラジルやウルグアイの独立運動に加わって、ゲリラ戦を身に付けます。帰国後、イタリア統一を目指して戦いますが、今度はアメリカに亡命。再びイタリアにもどって挙兵し、シチリアと南イタリアを掌握し、独立政権を樹立しますが、地位を求めず、掌握した土地をビットリオ・エマヌエレ二世に献上し、自らはカブレラ島に隠棲します。その後、何度か隠遁と参戦を繰り返し、最期はカブレラ島で亡くなりました。

ガリバルディは明治早期には、国家統一と自由のために戦った英雄として認知されていたようです。『佳人之奇遇』巻五（大沼敏男・中丸宣明校注『政治小説集　二』〔新日本古典文学大系　明治編17〕、岩波書店）では、ガリバルディは「救生《きゅうせい》ノ魁首《かいしゅ》自由《じゆう》ノ泰斗《たいと》」と称されています。ガリバルディの日本への影響については、北原敦「日本におけるガリバルディ神話」（田中彰・高田誠二編著『『米欧回覧実記』の学際的研究』、北海道大学図書刊行会）などをごらんください。

①句・②句はガリバルディの経歴を踏まえた句です。①句の「米洲」は「アメリカ」の意ですが、ブラジルやウルグアイの独立運動に参戦したことを踏まえ、主に南アメリカを指しています。②句は、ガリバルディの戦いは独立や国家統一のためであり、「個人の仇討ち（私讐）」でないことをいっています。

③句でガリバルディに話題を向け、彼を象徴する「自由」の語を使っています。「フリーダ

ム（freedom）」や「リバティ（liberty）」の訳語としての「自由」です。翻訳語「自由」については、柳父章『翻訳語成立事情』（岩波書店）などをごらんください。なお、③句の「於」は置き字ですが、前置詞の働きを持っています。ここは、英語の「than」に当たり、書き下し文の「よりも」という語に当たります。

④句の「未だ必ずしも……ず」は部分否定で、まだ必ずしも……とは限らないという意味です。「詭謀」は人を欺くはかりごとです。『唐詩選』の序文は、李白の奇想天外な詩歌表現を評して、「英雄が人を欺《あざむ》く（英雄欺人）」といっています。それを踏まえ、人の意表を突くのでなく、真っ向勝負する、ガリバルディのような英雄がいるから、英雄と呼ばれる人が必ずしも人を欺く策略を多く用いるとは限らないといいたいのです。

なお、「これがヨーロッパの土地を目にする最初である（是為視欧洲土壌之始）」に静石がコメントを付けていますが、本書では省略します。先に進みましょう。いよいよヨーロッパ上陸です。

11　マルセイユ（明治十七年十月七日）

（一）　港の入口で

七日、雨ふる。午後二時、フランスのマルセイユ港に到着した。たまたま停船の命令が下って、上陸が認められなかった。そこで、停船を示す黄色い旗を掲げて船を退居させ、港の入り口の島に停泊した。四時になってやっと入港することができた。ポートサイドからここまで二千十七海里（三千七百三十五キロメートル）である。船の中で、詩が数首できた。以下、その雑詩（気の向くままに感じたことを詠じる詩）である。

①果てしなく広がる海、風が吹き、波が立つ中、一隻の船を浮かべている
②山の姿は詩人の瞳に全く映らない
③いとおしいことよ、大空に浮かぶ丸い月は
④異郷の地まで僕に寄り添い、旅人の憂鬱な心を照らしてくれる

①氷のように透きとおった肌、金色の髪、あざやかな青い瞳
②外見の女性らしさとは逆に、心は雄々しく見える
③浮き草のように漂い、転がっていく蓬《ほう》のような漂泊の旅も恐れない
④月明かりのもと、船上で歌ったり踊ったりしている

……（引用者中略）……

夜光虫が海中で光ることを詠じて次のような漢詩を作った。
①夜に光るものといえば、どうしてホタルだけ挙げるのだろうか
②水中の小さな生き物も、意外にも霊妙な力を持っている
③不思議なことだ、星も月もないのに
④金色に輝く波が、暗い水面に、遠くまでゆらゆら波立っているとは
海の光とは水中の微生物から放出される光である。舟は波が激しくなると、夜になって、この現象が見られるのだ。

初七日、雨。午後二時、仏国馬塞《マルセール》港に抵る。偶《たまたま》停船の法有り。上陸を許さず。乃《すなわ》ち黄旗《こうき》を掲《かか》げ舟を退《しりぞ》く。港口《こうこう》の一嶋《いっとう》に泊《はく》す。四時《よじ》に至り、纔《わず》かに入港するを得たり。卜崑《ポルトサイド》より此《ここ》に至ること二千零十七里。舟中《しゅうちゅう》に詩数首を得たり。雑詩《ざっし》に曰《いわ》く、

①淼漫《びょうまん》たる風潮　隻舟《せきしゅう》を泛《うか》ぶ　②絶えて山影の吟眸《ぎんぼう》に入《い》る無し
③憐れむべし　碧落《へきらく》　一輪《いちりん》の月　④万里《ばんり》相随《あいしたが》いて客愁《きゃくしゅう》を照らす
①氷肌《ひょうき》　金髪《きんぱつ》　紺青《こんじょう》の瞳《ひとみ》　②巾幗《きんかく》　翻《かえ》り看《み》れば　心更《こころさら》に雄《ゆう》なり

③怕《おそ》れず　萍飄蓬転《へいひょうほうてん》の険《けん》　④月明《げつめい》の歌舞《かぶ》　舟中《しゅうちゅう》に在《あ》り

……（引用者中略）……

海光《かいこう》の事《こと》を記《しる》して曰く、

①夜光《やこう》　何《なん》ぞ独《ひと》り秋蛍《しゅうけい》を説《と》かん　②水族《すいぞく》の幺麽《ようま》　却《かえ》って霊有《れいあ》り

③怪底《あやし》む　星無《ほしな》く又《ま》た月無《つきな》きに　④金波《きんぱ》　万頃《ばんけい》　滄溟《そうめい》に湧《わ》くを

海光《かいこう》なる者《もの》は水中《すいちゅう》の微生物《びせいぶつ》の放《はな》つ所なり。舟、波を激《げき》せば、則《すなわ》ち昏夜《こんや》に之《これ》を見る。

初七日、雨。午後二時抵仏国馬塞港。偶有停船法。不許上陸。乃掲黄旗退舟。泊于港口一嶋。至四時、纔得入港。自卜崑至此二千零十七里。舟中得詩数首。雑詩曰、淼漫風潮泛隻舟、絶無山影入吟眸、可憐碧落一輪月、万里相随照客愁。氷肌金髪紺青瞳、巾幗翻看心更雄、不怕萍飄蓬転険、月明歌舞在舟中。……（引用者中略）……記海光之事曰、夜光何独説秋蛍、水族幺麽却有霊、怪底無星又無月、金波万頃湧滄溟。海光者水中微生物之所放也。舟激波、則昏夜見之。

十月七日は雨。ようやくマルセイユ港に着きましたが、停船命令が出て、上陸できません。伝染病の流入を防ぐための検疫法があり、船の中に留め置かれたのです。船はマルセイユ港の入口の島（ラトノー島）で停泊することになりました。黄色い旗は、検疫法で定められた停船信号の旗です。ただ留め置きの時間は二時間ですんだようで、四時には港に入っています。この「纔《わず》か」に目を向けてみましょう。陶淵明「桃花源記」の一文を例に挙げます。

初《はじ》めは極《きわ》めて狭《せま》く、纔《わず》かに人を通《つう》ずるのみ／初極狭、纔通人
（陶淵明「桃花源記」）

これは洞窟の入り口の描写です。桃源郷に通じる洞窟は最初はとても狭く、かろうじて人一人だけが通れるだけだったという意味です。つまりこの「纔か」は、ちょっと……だけという限定の用法で使われています。しかし、「……してはじめて……」に当たる用法もあります。

少《すこ》しく発《はっ》すれば則《すなわ》ち足らず、多く発して、遠県纔《えんけんわず》かに至れば、則《すなわ》ち胡《こ》又《ま》た已《すで》に去れり／少発則不足、多発、遠県纔至、則胡又已去
（『漢書』晁錯伝）

発令が少ないと援軍が不足し、多く発令して遠くの県の軍隊がはじめてやってくれば、胡の国の軍隊もやがて去っていくという意味です。このような用法の「纔か」も「わずか」と訓読します。鷗外の使った「纔か」は、四時になってはじめて入港できたの意味ですから、後者の

用法に当たります。

さて、この後、雑詩の連作が五首載っていますが、紙幅が限られているので、第一首、第二首、第五首を取り上げました。それぞれ簡単に説明しましょう。

第一首は、異郷にいる寂しさと望郷の思いを詠じた詩です。①句の「淼漫」は水が果てしなく広がるさま。鷗外を載せた船ただ一隻、大海原に浮かんでいるという意です。②句の「吟眸」は詩人の瞳。山影が全然見えないことを詠じています。③句の「憐れむべし」は、愛《いと》しいという意味、「碧落」はもと道教の用語で、天空を指します。四方に何も見えない海上で、月を愛しい存在だというのです。「絶えて無し」は大げさに言っているだけで、実際は小島のそばに停泊しています。

④句の主語は「月」、「万里」は故郷を起点とする長い道のり、「客愁」は故郷を離れ心細く思う旅人の心。李白に「月は峨眉山から出て青い海を照らし、万里の道のりもずっとついて来てくれる（月出峨眉照滄海、与人万里長相随）」（「峨眉山《がびさん》に浮かぶ月の歌　蜀《しょく》の国の僧侶晏《あん》が長安に行くのを見送る（峨眉山月歌送蜀僧晏入中京）」詩）という句があります。また同じく李白に、「人が明月によじ登ることはできないが、月は人にどこまでもついて来る（人攀明月不可得、月行却与人相随）」（「酒杯を手に月に問う（把酒問月）」詩）という句もあります。鷗外の詩でも、月は旅人

である鷗外に寄り添い、旅の愁いを慰めてくれます。月は旅人を照らすとともに、故郷を照らす月でもあります。観月を媒介に、遠くにいる人を思うというのは、漢詩によく見られる表現です。例えば、唐の杜甫には「今宵から露が白く凝る季節となり、月の光は故郷の月のように明るく輝いている（露従今夜白、月是故郷明）」（「月夜に実の弟に思いを馳せる（月夜憶舎弟）」詩）の句もあります。海上に見える月は旅人である鷗外について来てくれた月ですが、その同じ月は故国日本をも照らしているでしょう。そんな月だからこそ「憐れむべ」き存在といえます。

あまの原ふりさけ見れば春日なる三笠の山にいでし月かも　（『古今和歌集』巻九）

遣唐使として中国に行き、かの地で亡くなった阿倍仲麻呂の歌ですね。鷗外もこの歌を思い起こしていたのでしょうか。

第二首は、船内の西洋の女性を詠じた詩です。①句では、白い肌、金色の髪、青い目という女性の外見を詠じます。②句の「巾幗」は女性の頭飾りのことで、女性を象徴する語です。「翻り看れば」は反対に見るという意味と解して、外見とは逆に、女性の内面に焦点を当ててみると、外見の女性らしさとは裏腹に、性格は男っぽいではないかとしました。③句の「萍飄」

は浮き草、「蓬転」は、蓬《ほう》（飛蓬《ひほう》ともいいます）という植物が秋に枯れると根が抜けて球状になってころがっていくこと。どちらも漂泊、放浪のたとえです。④句は、月明かりの中で歌い踊るさまを捉えていますが、③句・④句があることで、その歌舞から女性たちの情熱、力強さを感じます。

『舞姫』を思い出した方もいらっしゃるでしょう。ヒロインのエリスは、大衆向けのお芝居やレビューを催す劇場の踊り子で、「被《かぶ》りし巾《きれ》を洩《も》れたる髪の色は、薄きこがね色」で、「乳の如《ごと》き色の顔は燈火に映じて微紅を潮《さ》した」少女でした。船内の女性を漢詩に詠じた鷗外は、ベルリンでは「ベルリンの婦人を詠《うた》う（詠柏林婦人）」と題して絶句を七首作っています。鷗外の女性たちへの関心が、ベルリンでの出会いに結びついていくといえるかもしれません。

第五首は、「海光の事」を詠じたものです。①句の「夜光」は夜光虫、プランクトンの一種で、波の揺らめきなどの刺激によって光を放ちます。光る虫といえばホタルが有名ですね。①句は、ホタル以外にも光る虫が存在することを述べています。「秋蛍」と「秋」がつくのは中国のホタルが夏の終わりから秋に活動するアキマドボタルを主とするためです。

②句の「水族」は水生生物、「幺麼」は小さな生き物。「却って霊有り」は、たいしたことはないだろうと思っていたが、その予想と違い、発光という不思議な能力を持っていたことを意

味します。「却って」は予期に反する時に使う副詞です。③句の「怪底む」は驚き怪しむ気持ちを表し、④句も含めて、何と不思議なことだといっています。「万頃」の「頃」は面積の単位。広々とした海水面を指しています。

なお、詩の直後の文章は、第五首の「夜光」の補足説明です。

(二) マルセイユ港に入港

船舶が入港すると、ゼネーヴァ・ホテルの支配人が来て迎えてくれた。それで、トランクを預け、一緒に税関に赴いた。税関の役人が「紳士か」と尋ねた。「そうだ」と答えた。「タバコや紅茶を持っているか」と問う。「ない」と答えると、二度と調べなかった。七時にホテルに投宿した。その時、小雨がしとしと降って深秋のような冷たさだった。詩ができた。

①降り返ると、故郷は雲のたなびく遙か遠く
②四十日間、船の中、退屈だと嘆いていた
③今夜、マルセイユの港に降る雨が
④すっかり洗い流してくれるだろう、旅人のあり余るほどの愁いや悲しみを

また、（詩ができた。）

①行き交う人が途切れなく、肩と肩とが触れ合うほど
②路を照らすガス燈は万も千も並んでいる
③びっくりしてしまう、寒風が吹き冷たい雨が降る夜なのに
④月が明るい夜と、夜の明るさが変わらないとは

舶の入港するや、厄涅華《ゼネーヴァ》客館の主管《しゅかん》来《きた》り迎《むか》う。廼《すなわ》ち托《たく》するに行李《こうり》を以《もっ》てし、倶《とも》に税関《ぜいかん》に至《いた》る。関吏《かんり》問《と》いて曰《いわ》く「紳士《しんし》か」と。曰く「然《しか》り」と。曰く「烟茶《えんちゃ》有《あ》るや否《いな》や」と。「無し」と曰《い》えば、則《すなわ》ち復《ま》た査《しらべ》べず。七時、客館に投《とう》ず。時《とき》に細雨《さいう》霏霏《ひひ》として冷《ひや》やかなること深秋のごとし。詩有り。

①首《こうべ》を回《めぐ》らせば　故山雲路《こざんうんろ》遥《はる》かなり
②四旬《しじゅん》　舟裏《しゅうり》　無聊《ぶりょう》を歎《なげ》く
③今宵《こよい》　馬塞港頭《マルセールこうとう》の雨《あめ》
④洗《あら》い尽《つ》くさん　征人《せいじん》の愁緒《しゅうしょ》の饒《おお》きを

又《ま》た、

①行人絡繹《こうじんらくえき》として　肩《かた》を摩《ま》せんと欲《ほっ》す
②路を照らす　瓦斯燈万千《がすとうまんせん》
③驚き見る　凄風冷雨《せいふうれいう》の夜
④光華《こうか》減《げん》ぜず　月明《げつめい》の天《てん》

舶之入港也、厄涅華客館主管来迎。廼托以行李、倶至税関。関吏問曰、紳士乎。曰然。曰有烟茶否。曰無、則不復査矣。七時投於客館。時細雨霏霏、冷如深秋。有詩。回首故山雲路遙、四旬舟裏歎無聊。今宵馬塞港頭雨、洗尽征人愁緒饒。又、行人絡繹欲摩肩、照路瓦斯燈万千。驚見凄風冷雨夜、光華不減月明天。

ホテルの支配人が迎えに来てくれたこと、入国審査の質疑を記録しています。紳士かどうか、課税対象のタバコと茶の有無が尋ねられています。「廼《すなわ》ち」は、用法的には「乃《すなわ》ち」に近い語です。前の文と後の文の間で転接点となります。そこで、やっと、とうとうなどと訳します。「倶に」は「**together**」と同じ、一緒にという意味です。

続いて「不復」について、二つの例を挙げて用法を見てみましょう。まず、『韓非子』五蠹篇の一節を表にまとめたので、ごらんください。英訳は『**Du's Handbook of Classical Chinese Grammar**』、書き下し文、現代語訳は、私につけたものです。

兎不可復得
He failed to get another rabbit.

兎、復《ま》た得《う》べからず
ウサギは、二度と手に入れることができなかった

「復た……ず」は「二度と……しない」という意味です。表は「守株」（古いやり方を頑固に守って進歩しないこと）の故事に出て来る表現です。株（切り株）にたまたまウサギがぶつかって転倒し、そのウサギをつかまえた男が、次も同じようなことが起きるだろうと、ただひたすら待ち続けたけれども、ウサギは二度と手に入らなかったという逸話です。一つは手に入ったがもう一つは手に入らないということで、英訳では「**another**」が使われています。

次に『論語』述而篇の一節を表にまとめたので、ごらんください。英訳はバートン・ワトソン氏『**The Analects Confucius**』（*columbia Univ.*）から取り、書き下し文、現代語訳は、私につけました。

久矣、吾不復夢見周公
It's been so long since I dreamed that I saw the duke of Zhou!
久しいかな、吾《われ》復《ま》た夢に周公を見ず

もう長い間、私は〔お慕いしていた〕周公の夢を見なくなってしまった

バートン・ワトソン氏は、一度はお目にかかる夢を見たけれども、それ以来二度と見ないまま長い時間が経ったという内容を、「周公にお目にかかった夢を見てから非常に長い時間がたってしまった」と表現しています。「復た……ず」を「決して……ない」という日本語で訳す例があるのは、二度とないまま時間が経つと、「全然……ない」といえるようになる、ということです。

最後に、マルセイユで作られた二首の絶句を読みましょう。

第一首は、日本を出帆してからの旅の苦難と、ヨーロッパに上陸した喜びを詠じています。①句は、日本からマルセイユまでの道のりの遙かなことを、②句で、船中、手持ち無沙汰で退屈だったことを詠じます。「四旬」は四十日、「裏」は中の意味です。③句の「頭《とう》」は場所をあらわす語につけて、その付近、ほとりを示します。例えば、「路頭」は道ばた、「街頭」は町の辺り、「江頭」は川のほとりという意味になります。ここは「港頭」ですから、港の近辺の意味です。④句は「雨」が主語です。「征人」は、旅人である鷗外のこと、「愁緒」はさまざまな愁いという意味です。口数が多いことを「饒舌《じょうぜつ》」といいますね。「饒」はあり余るほど多いと

いう意味です。

第二首は、マルセイユの町の賑わいを詠じた詩です。「行人」は通航する人、「摩肩」は肩と肩が触れ合うことを意味します。「絡繹《らくえき》（rakueki）」は絶え間なく続く状態を示しています。じゃんじゃんやずんずんのような感じでしょう。一般的に、擬音語や擬態語を示す表現として、畳韻と双声があります。第4節の「参差」は双声の語でしたが、「絡繹」はどちらでもありません。畳韻と双声については、表を見てください。日本語の音読みをローマ字で書くと、わかりやすくなります。普通は音声の組み合わせに価値があって、意味は二の次です。ただし、擬態語の意味からかけ離れた漢字を組み合わせるのではなく、意味に近い漢字が使われている場合もあります。例えば、「辛酸」は擬態語として使うときは辛くて悲しい様子を表しますが、「辛《から》味《み》と酸味《さんみ》」という意味で使うこともあります。「酩酊」は、ぐでんぐでんに酔っぱらうことですが、どちらも「酒」に関する字の意符（漢字の中で意味を示す部分）である「酉」が付いています。なお、畳韻と双声を兼ね合わせる「展転（tenten）」（ころがるさま）などの例もあります。

双声	各漢字の最初の子音の発音をそろえる。（用例のローマ字のゴチック体の部分）	恍惚《こうこつ》（**k**o**k**otsu）　辛酸《しんさん》（**s**hin**s**an）　零落《れいらく》（**r**ei**r**aku）

畳韻	各漢字の後の韻（最初の子音以外の音）の発音をそろえる。（用例のローマ字のゴチック体の部分）
	逍遥《しょうよう》（syoyo）　爛漫《らんまん》（ranman）　酩酊《めいてい》（meitei）

②句は、マルセイユのガス燈の数の多さを描写しています。ガス燈は、明治五年（一八七二）横浜で初めて灯《とも》されました。明治七年（一八七四）には銀座に設置され、東京の市中に次々設置されたようです。マルセイユのガス燈は驚くほどの数だったのでしょう。③句・④句で、ガス燈が、月が明るく照るのと変わらないほどに輝いていることを詠じています。夜の明るさも近代化の象徴の一つでした。谷崎潤一郎が『陰翳礼讃』で、日本の伝統的家屋や照明が作り出す暗闇や陰影を賛美しますが、ずっと後（昭和八年（一九三三））のことです。

さて、十月八日午後六時、汽車に乗ってマルセイユを離れます。九日午前十時にパリ到着です。ゴールのベルリンに近づいてきました。

12　マルセイユからパリへ（明治十七年十月八日～九日）

十月八日、昼食を終えると、シェリ＝ルソー写真館で、写真を撮った。午後一時、田中、片山、丹波、飯盛、隈川、萩原、長與たちは先に出発した。彼らはストラスブール経由を選んだのだ。午後六時、汽車に乗り、マルセイユを出発した。一等のコンパートメントは四つの区画に分かれ、区画ごとに二人が乗ることができる。座ることはできるが横になることはできないため、別に寝台を購入する人もいる。夜、リヨンを過ぎた。星も月も白く輝き、寒気が肌に突き刺さった。詩ができた。

①清らかな光が冴え渡る秋空の月

②月影は塔の先端に掛かっていたかと思うと、すぐに樹の梢に移って行った

③にぎやかな町もさびれた村も、そこから立ち上る塵や砂ぼこりが、ちらりと見えるだけ

④どうしようもない、詩句を推敲する時間もないほどだ

初八日、午餐《ごさん》罷《おわ》り、説哩路速《セリルソー》家に至り撮影す。午後一時、田中、片山、丹波、飯盛、隈川、萩原、長與の諸子先発す。以て道を斯都刺士堡《スタラスブルク》に取るなり。六時、汽車に乗り、馬塞《マルセール》を発す。一等の車箱《しゃしょう》は分かちて四区と為す。区毎《くごと》に二人を容《い》る。坐すべくも臥すべからず。故に別に寝室を買う者有り。夜《よる》里昂《リヨン》府《ふ》を過ぐ。星月皎然《こうぜん》として、寒気膚《はだ》を侵《おか》す。詩有り。

①清輝　凜凜《りんりん》　秋天の月　②影　塔尖《とうせん》より樹梢《じゅしょう》に遷《うつ》る
③熱市《ねつし》　冷村《れいそん》　塵《ちり》　一瞥《いちべつ》す　④由無《よしな》し　詩句《しく》推敲《すいこう》を費《つい》やすに

初八日、午餐罷、至説哩路速家撮影。午後一時、田中、片山、丹波、飯盛、隈川、萩原、長與諸子先発。以取道於斯都刺士堡也。六時乗汽車、発馬塞。一等車箱、分為四区。毎区容二人。可坐而不可臥。故有別買寝室者。夜過里昂府。星月皎然、寒気侵膚。有詩。清輝凜凜秋天月、影自塔尖遷樹梢。熱市冷村塵一瞥、無由詩句費推敲。

マルセイユに到着した鷗外は、他の九名の留学生と一緒に、シェリ＝ルソー写真館で記念写真を撮りました。新大系本五八二頁に掲載されている写真がそれです。鷗外はこの写真を手紙に添えて、東京の家族に送りました。鷗外は少し痩せてやつれています。家族たちはその姿を見て心配になったようです。家族たちの手紙のことは、中井義幸『鷗外留学始末』に詳しいので、参照してください。田中正平、片山国嘉、丹波敬三、飯盛挺造、隈川宗雄、萩原三圭、長與稱吉たちはストラスブール経由でベルリンに行くルートを選びました。残ったのは、鷗外、穂積八束、宮崎道三郎の三人ですね。鷗外は二人と行動を共にしたのでしょう。

午後六時、ＰＬＭ（「ＰＬＭ」はパリ・リヨン・マルセイユの頭文字）鉄道の汽車に乗り込みました。寝台車の連結は一八七六年、一等利用客に向けてのサービスとして始まったそうです（小倉孝誠『19世紀フランス夢と創造　挿絵入新聞「イリュストラシオン」にたどる』、人文書院）。夜、フランス第二の都市リヨンを通過しました。

鷗外は車内で絶句を作りました。汽車の速度の速さを流れゆく風景に託して表現しています。①句と②句で描かれるのは月の位置です。塔の先端にあると思っていたら、月は樹木の梢に移っていました。③句では車窓に見える町や村を、④句では詩句の推敲の時間もないことを詠じています。

13　パリ（明治十七年十月九日〜十一日）

（一）　パリのホテルへ

十月九日早朝、畑や野原の間を通過した。ワタの葉はすでに枯れて、野菜の花も半分しぼんでいる。木を植えて畝《うね》を作るのは、我が国と同じである。ハトが群れで飛んでいたが、背が黒くて腹が白かった。農家の家屋はすべて背が低く小さいが、石を屋根に瓦として使い、畳のように並べているのだけは（我が国とは）違っている。午前十時パリに到着した。メイエルペールホテルに投宿すると、たまたま佐藤佐《さとうたすく》と出会った。佐はベルリンに長期留学しているが、今回マルセイユに赴こうとしていた。木戸正二郎が病気になって帰郷するのを見送って来たためだった。

初九日の早、田野の間を過ぐ。綿葉《めんよう》已に枯れ、菜花《さいか》半ば凋みたり。木を植え畝を画するは我と殊《こと》なる無し。鳩の群飛する有り。黒き背に白き腹なり。農家皆《み》な矮小《わいしょう》、唯だ石を磚《せん》して畳と成《な》すを異《い》と為《す》るのみ。午前十時巴里《パリス》に至る。咩児珀爾《メイエルペール》客館に投ず。佐藤佐《さとうたすく》に邂逅す。佐《たすく》は久しく伯林《ベルリン》に留学し、今将《まさ》に馬塞《マルセール》に赴かんとす。木戸正二郎《きどしょうじろう》病《やまい》有りて帰郷するを送るればなり。

初九日早、過田野間。綿葉已枯。菜花半凋。植木画畝。与我無殊。有鳩群飛。黒背白腹。農家皆矮小。唯磚石畳成為異耳。午前十時至巴里。投咩児珀爾客館。邂逅佐藤佐。佐久留学於伯林。今将赴馬塞。送木戸正二郎有病帰郷也。

夜が明けて、鉄道が田畑や野原の間を通っていることがわかったようです。「菜花」は野菜の花です。「菜の花（アブラナの花）」では季節が合いません。鷗外は農家の屋根が日本と違うことに注目しています。スレートで屋根を葺いているのです。畳をたとえに使って未知のものを表現することに努めています。

午前十時、パリに到着し、メイエルペールホテルに泊まりました。シャンゼリゼ通り中央の円形広場の北側に位置しているホテルです。ここで佐藤佐（一八五七―一九一九）にばったり会います。佐藤佐は私費留学の医学生です。明治十五年（一八八二）ドイツ及びオーストリアに留学し、明治十九年（一八八六）に帰国します。帰国後は、養父佐藤尚中の経営する順天堂病院の副院長となり、明治三十一年（一八九八）には内務省に出仕し、侍医ともなります。大学の卒業は鷗外と同期でしたから、パリでの二人は懐かしい再会を喜んだことでしょう。

なぜ佐藤佐はパリにいたのでしょうか。鷗外も疑問を投げかけたのでしょう。日記には病気の木戸正二郎に付き添いマルセイユに行こうとしていたことが記されています。木戸正二郎（一八六一―一八八四）は、長州藩士の来原良蔵と、木戸孝允の妹である治子の間に生まれた次男です。木戸孝允の甥にあたります。「木戸正二郎関連系図」をごらんください。実父の来原良蔵が、文久二年（一八六二）に亡くなった後、二人の遺児（彦太郎と正二郎）を木戸孝允が引き取り育てます。

彦太郎と正二郎は木戸家に引き取られた後、正二郎が木戸家の跡取りになります。明治四年

「木戸正二郎関連系図」

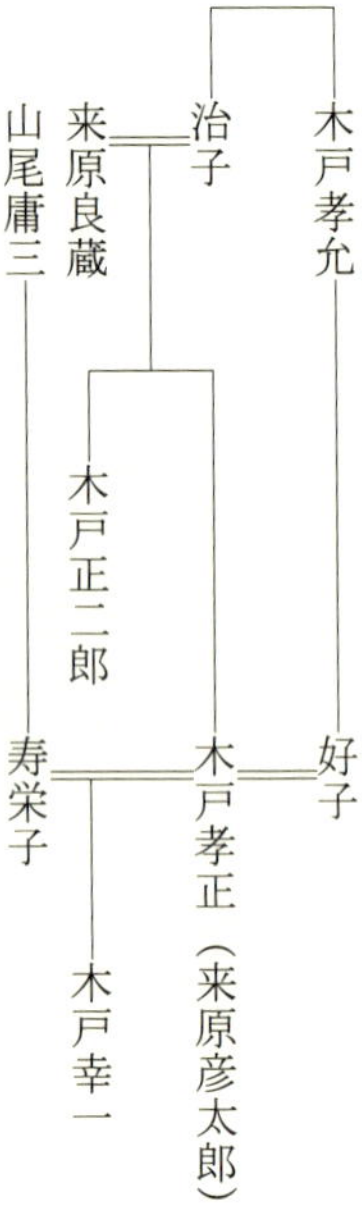

（好子は木戸孝正の前妻。寿栄子は後妻。）

（一八七二）十歳でロンドンに留学し、明治八年（一八七五）帰国、明治十三年（一八八〇）今度はベルリン兵学校に留学しますが、明治十七年（一八八四）腎臓病を患い、帰国の途に付きます。正二郎が佐藤佐を付き従えていたのはこのときです。正二郎の病は篤く、十月二十八日、船中で亡くなります。まだ二十三歳の若さでした。正二郎の死後、長男の彦太郎が孝正と名を改め、木戸孝允の嫡子になりました。

木戸正二郎の人生は短かったですが、多くの写真が残されています。現在、千葉県佐倉市の国立歴史民俗博物館が「旧侯爵木戸家資料」を所蔵しています。『侯爵家のアルバム――孝允から幸一にいたる木戸家写真資料――』（国立歴史民俗博物館編集・発行）には、木戸孝允と正二郎、正二郎と友人たちなどの写真が多数掲載され、正二郎のおもかげを偲ぶことができます。

（二）夜、芝居を見る

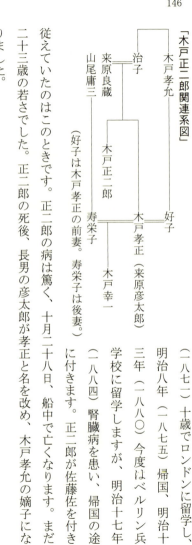

夜、エデン劇場で観劇する。五千人を収容でき、座席は四つの階に設けてある。俳優には男も女もいて、多くはイタリア人である。演じる芝居は、題名を「宮中の愛」という。全部で四幕で、「美女の王との謁見」、「壮士の決闘」、「英雄の凱旋」、「夜の宴の髪飾り」という。美女に扮している女優は、色っぽいしぐさや態度を思う存分表現し、人々をたまげさせる。この芝居のほかに、別に一幕あって、「騒々しい夜」という。ふざけた芝居ばかりで、観客たちはお腹を抱えて笑う。劇場の舞台装置は大変精巧である。鏡の光を使ったり、照明を使ったりしている。まるで明月が林を照らし出し、噴水に靄《もや》が立ち込めるかのようだ。実物か作り物か、ほとんど見分けがつかない。この日、佐藤氏に詩を贈った。

①別れてから、あっという間に三年の歳月
②君はまだドイツにいると思っていた
③思ってもみなかった、パリの町はずれ、月の光を浴びながら
④しばし君と手を握り合い、別れの悲しみを話すことになろうとは

夜、「夜電《エデン》」部劇場を観る。五千人を容《い》れ、座を設くること四層なり。俳優に男有り女有り、多くは伊太利人《イタリーじん》なり。演ずる所の戯《ぎ》、名は「宮中の愛」なり。凡そ四齣《しせき》なり。曰く

「名妹《めいしゅ》王に謁す」、曰く「壮士の決闘」、曰く「英雄の凱旋《がいせん》」、曰く「夜宴の簪花《しんか》」と。女優の名妹に扮する者、媚態横《ほしいまま》に生ぜしめ、人をして魂を銷《け》さしむ。別に一齣有り、名は「騒擾《そうじょう》の夜」なり。戯謔《ぎぎゃく》百出《ひゃくしゅつ》し、観る者絶倒す。場中の器具、其の精緻を極む。或いは鏡影を借り、或いは採光を用う。明月林《はやし》を照らし、噴水烟《けむり》を籠《こ》むるがごとし。殆《ほとん》ど其の真仮を弁ずるべからざるなり。此の日佐藤氏に詩を贈る。

①別来《べつらい》　倏忽《しゅくこつ》　三秋を閲《けみ》す　②期せり　爾《なんじ》の依然《いぜん》として徳州《とくしゅう》に在《あ》るを
③豈《あ》に憶《おも》わんや　巴黎城外《パリスじょうがい》の月　④暫時《ざんじ》　手《て》を握《にぎ》りて離愁《りしゅう》を話《はな》さんとは

夜観「夜電」部劇場。容五千人、設座四層。俳優有男有女、多伊太利人。所演之戯、名「宮中愛」。凡四齣。曰名妹謁王、曰壮士決闘、曰英雄凱旋、曰夜宴簪花。女優扮名妹者、媚態横生、使人銷魂。別有一齣。名「騒擾夜」。戯謔百出、観者絶倒。場中器具、極其精緻。或借鏡影、或用彩光。若明月照林、噴水籠烟。殆不可弁其真仮也。此日贈佐藤氏詩。別来倏忽閲三秋、期爾依然在徳州。豈憶巴黎城外月、暫時握手話離愁。

夜、エデン劇場でお芝居を見ました。鷗外は、五千人収容と記していますが、実際の客席数は千二百人だそうです（フェルデナンド・レイナ『バレエの歴史』、音楽之友社）。鷗外が見たのは、

「愛の宮廷（La Cour d'amour）」という三幕四場のバレエです。新大系本補注四十によれば次のような内容だったそうです。

舞台は十六世紀、イタリアのフェラーラ。国一番の美女レジーナに思いを寄せるロベルトは、恋敵ジュリアーノがレジーナを誘拐しようとしているのを見抜き、二人は決闘することになります。レジーナはそれを思い留め、恋のためではなく、国のために戦うように説きます。娘の言葉に心を動かされたレジーナの父は、ロベルトに、スペインとの戦いで目覚ましい活躍をしたなら娘との結婚を認めようと約束し、ロベルトはその約束を守って、スペインとの戦いに勝利し、英雄として凱旋します。

レジーナ役の女優が、観客の心を奪ったことを、鷗外は書いていますね。「人をして魂を銷さしむ」は、使役の表現で、原文は「使＋A＋動詞＋目的語」という語構成です。書き下し文では「Aをして」といいます。これは決まった用法のため違う表現を使うことはできません。表のように、現代語訳の方は、目的語＋動詞の構造を直訳しないで、たまげる、はっと驚くという「銷魂」の訳を使っています。

11 OCTOBRE 1884 L'ILLUSTRATION N. 2172. — 233

EDEN-THÉATRE : LA *COUR D'AMOUR*, BALLET A GRAND SPECTACLE EN 3 ACTES ET 4 TABLEAUX, PAR M. BALBIANI

MUSIQUE DE M. LÉOPOLD DE WENZEL, DÉCORS DE MM. FROMONT ET ROBECCHI, COSTUMES DE M. LANDOLFE

「愛の宮廷」の舞台イメージ（*L'Illstration,* 1884年10月11日号）

使＋A＋[動詞]＋[目的語]	使人銷魂
Aをして［目的語］を［動詞］せしむ	人をして魂を銷《け》さしむ
Aに［目的語］を［動詞］させる	人々をびっくりさせる

なお、「愛の宮廷」の舞台イメージは、フランスの当時のグラビア雑誌に載った絵から想像することができます。左端に描かれた男女が、ロベルトとレジーナ役の二人ではないでしょうか。絵には、脚線美を見せながらダンスする踊り子たちが描かれています。鷗外はどんな思いで見ていたのでしょう

バレエが終わると、もう一幕コメディタッチの芝居があって、人々が大笑いしていたことも、鷗外は記録しています。さらに、劇場の舞台装置に目を向けています。鏡を使ったり、照明を使ったりして、月の光や噴水などを表現し、実物と見まごうばかりであったことも書き残しています。

この観劇経験は、ドイツでオペラや芝居を見、さらに帰国後に多数の戯曲を翻訳することにつながっていくのでしょう。鷗外は留学の日々を、「「昼は講堂や laboratorium《ラボラトリウム》 で、生き生きとした青年の間に立ち交って働く。……（引用者中略）……夜は芝居を見る。舞踏場にゆく。」

（『妄想』）と描いています。

この節の最後に、佐藤佐に贈った送別詩を味わいましょう。ドイツにいるとばかり思っていた佐に出会った驚きを詠じています。①句の「倏忽」はあっというま、「三秋を閲す」は三年が経過したことを指します。③句の「豈に憶わんや」は反語、思ってもみないという意で、④句の終わりまで係ります。静石は「旅の途中で旅人を送る。まして異郷の地では悲しく傷ましい（客中送客。況在異域、悲壮感傷）」と感想を述べています。

14 パリからベルリンへ（明治十七年十月十日〜十一日）

十日、日本公使館に着く。午後八時、汽車はパリを出発した。コンパートメントの両壁に鉄道図が貼ってあり、梃子《てこ》が懸けてあった。緊急のときにこれを動かして、汽車を停止させることができる。さらに窓の上に小さな穴をあけて換気している。非常に便利である。

十一日午前七時。ドイツのケルンに到達した。僕はドイツ語が理解できるので、ここまで来て、耳が聞こえず発声ができないという病から逃れることができた。快適と言っていい。午後八時三十分、ベルリンに到着し、ホテル　ガルニツム　ドイチェンカイザーに投宿した。田中、片山らのことを尋ねると、まだだれも到着していなかった。

初十日、公使館に至る。午後八時、滊車《きしゃ》巴里《パリス》を発す。車箱《しゃしょう》の両壁《りょうへき》に、鉄道図を貼《は》り、槓杆《こうかん》を懸《か》く。急の時有れば之《これ》を動かし、車行《しゃこう》を停《とど》むべし。又《ま》た窓上《そうじょう》に小孔《しょうこう》を設《もう》け換気《かんき》す。甚《はなは》だ便なり。

十一日午前七時、徳国歌倫《ケルン》に達す。余徳国語《よとくこくご》を解すれば、此《ここ》に来りて、聾唖の病を免《まぬか》るるを得たり。快と謂うべし。午後八時三十分。伯林府《ベルリン》に至る。徳帝客館に投ず。田中、片山等を問うに皆《み》な未だ到らざるなり。

初十日、至公使館。午後八時、滊車発巴里。車箱両壁、貼鉄道図、懸槓杆。有急之時動之、可停車行。又窓上設小孔換気。甚便。

十一日午前七時、達徳国歌倫。余解徳国語、来此、得免聾唖之病。可謂快矣。午後八時三十分、至伯林府。投於徳帝客館。問田中片山等、皆未到也。

お芝居を見た翌日、日本公使館に立ち寄った後、パリを離れベルリンに向かいました。「槓《こう》杆《かん》」は「槓桿」とも書き、梃子《てこ》のことです。「梃子でも動かない」という慣用句がありますね。

梃子は重いものをこじ開ける時に使う道具で、その梃子でも動かないということから、どんな手段を使っても動かせないという意味になりました。ここでは、鉄道図や、非常ブレーキをかけるため準備されている梃子、換気口に、関心を寄せています。

十一日の朝ケルンに着き、その日の夜にベルリンに到着しました。「聾唖の病」は、耳が聞こえず言語を発することができない病気という意ですが、ここはコミュニケーションできないことを表しています。「得＋動詞」は「……できる」という意味です。ドイツ語圏に来て、コミュニケーションが可能になったことがうれしかったのでしょう、「快」という語に鷗外の喜びが表われています。

日記はいよいよ終わりを迎えます。最後に、旅の仲間について言及しているのが印象的です。静石は「末尾は、先の「十客」（鷗外が作った「日東十客歌」）と先発の人々（マルセイユでストラスブール経由を選んだ仲間）と対応していて味があり、日記全体を見渡すことができる。何と巧みなことか（末句与上十客及先発人、相応有味。可以徼全文。何等巧手）」と評しています。旅の一日一日の記事は関連性に乏しいため、見聞やできごとの時系列による羅列にとどまり、単調な印象を与えかねません。静石は、旅の仲間への言及で全体を貫くことで、日記全体の整合性が高まったことを評価しています。日記文学の作品性という点での評価といえます。

ベルリンは『航西日記』の旅の終着点です。鷗外はベルリンで一番の繁華街ウンター・デン・リンデン（鷗外は「ウンテル、デン、リンデン」と表記）を次のように書いています。

妍《うつくし》き少女の巴里《パリ》まねびの粧《よそおい》したる、彼《かれ》も此《これ》も目を驚かさぬはなきに、車道の土瀝青《アスファルト》の上を音もせで走るいろいろの馬車、雲に聳《そび》ゆる楼閣の少しとぎれたる処《ところ》には、晴れたる空に夕立の音を聞かせて漲《みなぎ》り落つる噴井《ふきい》の水、遠く望めばブランデンブルク門を隔てて緑樹枝《えだ》をさし交《か》わしたる中より、半天に浮び出でたる凱旋塔の神女の像……（引用者以下略）……。

（『舞姫』）

パリのファッションの真似をしている若い女性たちや馬車、大通りの風景などに目を奪われた後、「始めてここに来しものの応接に遑《いとま》なきも宜《うべ》なり」と書いてあります。初めてベルリンに来た者が美しい景色が次々に現われ忙しいのも納得できるという意味です。『舞姫』の舞台ベルリンは、長かった船旅、鉄道の旅を経て鷗外がようやく足を踏み入れることができた町なのです。そういう視点で、改めて『舞姫』を読み直してみると良いかもしれません。

〈コラム1〉漢詩になったヴェルナーのアリア

バリトン歌手として有名だったヘルマン・プライ（一九二九―一九九八）の『ドイツ・オペラ・アリア集』というCD（EMIミュージックジャパン）があります。その中に、「ヴェルナーのアリア」が収録されています。歌詞は三番まであり、リフレインでは次のように歌われます。

Behüt' dich Gott! Es wär'zu schön gewesen,
behüt' dich Gott, es hat nicht sollen sein!

日本語では「さようなら！　それはあまりに美しすぎたのだろう。さようなら！　それはあってはならないことだったのだ！」（歌崎和彦訳、CD「解説」による）という意味だそうです。ヴェルナーはシェーナウ男爵に雇われているトランペット吹き。彼は、シェーナウ城で、男爵の令嬢マリアと恋に落ちます。それを知った男爵は激怒し、ヴェルナーを城から追い出します。追い出されたヴェルナーは城を振り返り、マリアを慕う気持ちを歌います。これが「ヴェルナーのアリア」です。オペラ『ゼッキンゲンのトランペット吹き』の第二幕の終わりで歌われます。ヴェルナーがトランペット吹きという設定のため、アリアでもトランペットが効果的に使われ、恋の切なさを際立たせています。

物語の舞台は、ドイツのバート・ゼッキンゲン市です。『ゼッキンゲンのトランペット吹き』のホームページ（http://www.trompeter-von-saeckingen.de/）には、ヴェルナーやマリアを描いた古い絵葉書も紹介され、言葉がわからなくても見ていて楽しいです。

山形県長井市がバート・ゼッキンゲン市と姉妹都市という縁で、二〇〇六年秋、長井市民文化会館で、『ゼッキンゲンのトランペット吹き』が上演されました。公演監督の瀧井敬子氏は、その著書『漱石が聴いたベートーヴェン――音楽に魅せられた文豪たち』（中央公論社）で、留学中の鷗外がオペラ劇場に数十回と通ったことなどを紹介されました。

『ゼッキンゲンのトランペット吹き』はドイツの詩人シェッフェルの長篇詩が原作で、L・ブンゲが脚色し、ネッスラーが作曲したオペラです。一八八四年が初演でその後繰り返し上演されました。鷗外は一八八七年ベルリンで観ています。

明治二十二年（一八八九）八月『国民之友』夏期付録として、鷗外らによる共同の訳詩集『於母影』が発表されます。『舞姫』が『国民之友』新年号付録として発表される半年ほど前のことです（明治二十三年（一八九〇）一月）。その中に雅文体の詩や漢訳の詩が収められています。雅文体の「笛の音」は「少年の巻」と「姫の巻」の二篇一組になっていて、前者は『ゼッキンゲンのトランペット吹き』のヴェルナーのアリア、後者はマリアのアリアにあたります。「笛の音」は鷗外が落合直文《おちあいなおぶみ》（一八六一―一九〇三）にドイツ語を翻訳して内容を聞かせ、落合が雅文体に整えました。鷗外はさらにヴェルナーのアリアの漢訳も作りました。三番の歌詞まで漢訳されていますが、紙幅が限られているので、一番〜三番の歌詞に共通するリフレインだけを紹介しますね。

「別離」
過去のできごとはたった一度の夢に終わった（往事帰一夢）
記憶もはっきりしない夢だから追いかけてはいけない（茫々不可追）

――もとの詩をまるごと全部知りたい！
そう思った方は、瀧井敬子著『漱石が聴いたベートーヴェン―音楽に魅せられた文豪たち』（中央公論新社）第一章をごらんください。ちなみに、ヘルマン・プライがヴェルナーを演じたオペラの輸入盤のCD『Der Trompeter von Säckingen』（Capriccio）もあります。ご興味のある方はお聴きください。

第三章　夏目漱石の『木屑録』

1 『木屑録』と漱石の小説

第一章に続き、いきなりクイズです。夏目漱石の作品の一節を次に挙げます。作品名が当てられるでしょうか。作品名は選択肢から選んでくださいね（複数回使う場合があります）。

選択肢 A『こころ』 B『吾輩は猫である』 C『草枕』 D『坊っちゃん』 E『彼岸過迄』 F『門』

（一） 房総半島

①昔《むか》し房州《ぼうしゅう》を館山《たてやま》から向うへ突き抜けて、上総《かずさ》から銚子《ちょうし》迄浜伝《までのはまづた》いに歩行《あるい》た事がある。

②三年目の夏休みに小六は房州の海水浴へ行った。そこに一月余《ひとつきあま》りも滞在しているうちに九月になり掛《か》けたので、保田《ほた》から向うへ突切《つっき》って、上総《かずさ》の海岸を九十九里伝《づた》いに、銚《ちょう》子迄来《しまでき》たが、そこから思い出した様《よう》に東京へ帰った。

③Kはあまり旅へ出《で》ない男でした。私にも房州《ぼうしゅう》は始《はじめ》てでした。二人《ふたり》は何《なん》にも知らないで、

船が一番先《いちばんさき》へ着《つ》いた所から上陸したのです。たしか保田《ほた》とか云《い》いました。

（二）　透明度の高い海

①Kと私は能《よ》く海岸の岩の上に坐《すわ》って、遠い海の色や、近い水の底を眺《なが》めました。岩の上から見下《みお》ろす水は、又《また》特別に綺麗《きれい》なものでした。

②波《なみ》は非常に澄《す》んでいるから高《たか》い所《ところ》から見下《おろ》すと、陸《おか》に近いあたりなどは、日《ひ》の照《て》る空気の中《なか》と変りなく何でも透《す》いて見えます。泳いでいる海月《くらげ》さえ判切《はっきり》見えます。

（三）　泳ぐ

①おれは人の居《い》ないのを見済《みすま》しては十五畳の湯壺を泳ぎ巡《まわ》って喜《よろ》こんで居《い》た。所《ところ》がある日三階から威勢《いせい》よく下《お》りて今日も泳げるかなとざくろ口を覗《のぞ》いて見ると、大きな札《ふだ》へ黒々と湯の中で泳ぐべからずとかいて貼《は》りつけてある。

②次《つぎ》の日私は先生の後《あと》につづいて海へ飛び込んだ。そうして先生と一所《いっしょ》の方角に泳いで行った。二丁程《ちょうほど》沖へ出ると、先生は後《うしろ》を振《ふ》り返って私に話し掛けた。

（四）　海水浴

①一家《け》のものは毎年軽井沢《かるいざわ》の別荘へ行くのを例にしていたのだが、其年《そのとし》は是非海水浴がしたいと云う娘達の希望を容《い》れて、材木座にある或人《あるひと》の邸宅《やしき》を借《か》り入れたのである。

②海水浴の功能はしかく魚に取って顕著《けんちょ》である。魚に取って顕著である以上は人間に取っても顕著でなくてはならん。……（引用者中略）……猫と雖《いえど》も相当の時機が到着すれば、みんな鎌倉あたりへ出掛《でかけ》る積《つも》りで居《い》る。但《ただ》し今はいけない。物には時機がある。

③私が先生と知り合《あい》になったのは鎌倉《かまくら》である。其時《そのとき》私はまだ若々しい書生であった。暑中休暇を利用して海水浴に行った友達から是非来《ぜひこ》いという端書《はがき》を受取《うけと》ったので、私は多少の金を工面《くめん》して、出掛《でかけ》る事《こと》にした。

さて、答え合わせをしていきましょう。（一）の①はC『草枕』（〔三〕）、②はFの『門』（〔四の八〕）、③はA『こころ』（下「先生と遺書」〔二十八〕）です。（二）の①はA『こころ』（下「先生と遺書」〔二十八〕）、②はE『彼岸過迄』（「松本の話」〔十二〕）です。（三）の①はD『坊っちゃん』（〔三〕）、②はA『こころ』（上「先生と私」〔三〕）、（四）の①はE『彼岸過迄』（「須永の話」〔十三〕）、②はB『吾輩は猫である』（〔七〕）、③はA『こころ』（上「先生と私」〔一〕）です。

これをクイズにしたのは、『木屑録』という漢文の旅日記が漱石の小説と無関係でないということを、楽しみながら理解していただきたいと考えたからなのです。以下、四つの視点から『木屑録』と漱石の小説の関係性を、簡単に述べたいと思います。

第一に、『木屑録』は、漱石の房州《ぼうしゅう》の旅を記した紀行文だということです。房州《ぼうしゅう》とは安房の国の別称で、現在の千葉県南部に当たります。（一）のように、房州は『草枕』や『門』にも出てきますし、保田《ほた》は『こころ』の大切な舞台の一つとなっています。漱石はかつて体験した旅を、小説の中で甦《よみがえ》らせたのです。

第二に、『木屑録』には海岸や海の記事が多く、澄み切った美しい海の描写も見られるということです。その描写表現はゼロから考えたのではなく、漢文の古典的な表現を参考にしています。（二）の②に見える「日の照る空気の中と変りなく」は唐の柳宗元《りゅうそうげん》の表現がヒントになっています。『木屑録』には同じ表現を使った個所があります。第四章第8節をごらんください。つまり、漱石は、柳宗元の漢文をヒントに、まず自ら漢文を書き、それを換骨奪胎して、日本語の描写表現を作っていったと考えられるのです。小説だけではわかりにくい表現の源泉が、『木屑録』という補助線を使うとわかりやすくなります。

第三に、『木屑録』には海水浴を描写した一節があることです。漱石の小説には、泳いだり、海水浴をしたりする場面がかなりあります。漱石が日本語の小説を書き出す前に、海水浴を漢文で書いていたということは頭の隅に置いておくべきでしょう。『木屑録』の海水浴の表現は、処女作『吾輩は猫である』の、猫が語る海水浴の効能と密接に結びついていますし、表現の滑稽さも通じ合う点があります。第四章第3節をごらんいただきたく思います。

第四に、瀬崎圭三氏が指摘された、男女の恋愛の場としての海辺、〈男同士の絆〉を確かめ合う場としての海辺という視点から見ても、『木屑録』は無視できない作品だということです。瀬崎氏は『海辺の恋と日本人』（青弓社）で、「海辺という場は異性愛体制に支えられたイメージを喚起するがゆえに、ホモソーシャルな場ともなりうる」と述べていらっしゃいます。『木屑録』には、避暑地へ向かう船で一緒になった女性を意識する自分を劇画化して描写した一節があります。まさに、海辺の恋への期待感が高められる場面に当たります。また、子規が漱石を「朗君」、漱石が子規を「佳人」と呼んで戯れ合う一節もあります。この場面では、疑似恋愛的な表現を取って、〈男同士の絆〉を確かめるのです。〈男同士の絆〉で想起される漱石の小説といえば『こころ』でしょう。先ほどのクイズに仕立てた例のうち、㈢②は『こころ』の一節で、「私」が先生と親しくなるきっかけとなる場面でした。なぜ「私」は海にいるのでしょうか。㈣③の『こころ』の冒頭の一節で記されていましたね。『こころ』の「私」は海で泳ぐ先生に注目し、親しく接したいと思うようになったのでした。

2　『木屑録』の旅・読者・書名

（一）『木屑録』の旅

『木屑録』に描かれた房総旅行は、明治二十二年（一八八九）八月、第一高等中学校の学友四人と共に出かけた夏休みの旅行です。東京出発は八月七日、東京にもどるのは月末の三十日ですから、およそ二十四日かけています。漱石はこの時二十三歳でした。

旅のルートや一日どれぐらい歩いたかは不明な点が多く、曖昧模糊《あいまいもこ》としています。高島俊男『漱石の夏休み』（筑摩書房）、齋藤均『夏目漱石の房総旅行』（崙書房）、関弘夫『漱石の夏休み帳』（崙書房出版）などから総合すると、東京の霊岸島から保田へ船で渡り、保田から海沿いを南下、館山・北條から外房の松田をぬけて、小湊、東金《とうがね》を経て銚子に至る、船で利根川を遡《さかのぼ》って、三ツ堀で下船、醤油で有名な野田を横切って江戸川の河岸にぶつかると、江戸川を船で東京にもどる、という道すじになりそうです。保田には長く滞在したようで、子規からの手紙を受け取っています。位置や距離などは、口絵のイラストマップを見てください。

明治二十二年（一八八九）の房州は、どんなところだったのでしょうか。千葉県南西部に位置する館山市立博物館編集・発行『館山の観光事始め』などを参照すると、次のような状況だったようです。

東京と房州の間で汽船が就航したのが明治十一年（一八七八）のこと、水産物の運搬を目的としたようですが、就航のおかげで東京からの行楽客が房総半島を訪れるようになりました。日本で最初の、近代的な海水浴場は、明治十八年（一八八五）に整備された神奈川県の大磯海水浴場だといわれています。その後、各地で海水浴場が作られ、明治三十年代（一八九七〜一九〇六）には、鏡ケ浦（館山湾）にも多数の海水浴客が訪れるようになります。また、政府の高官、実業家たちが各地で別荘を所有して余暇を楽しむようになり、明治二十年代（一八八七〜一八九六）に入ると、房州でも別荘を持つ人が増えました。避暑地として知名度が高まっていき、明治二十五年（一八九二）には『房州避暑案内　附諸名家唫詠小録』（山崎房吉）のようなガイドブックも作成されました。漱石が旅行に行った頃というのは、保養地、避暑地として知られつつある頃だったといえるでしょう。

（二）『木屑録』の読者

『木屑録』は約五千字の漢文で、漢詩も十四首収録されています。表紙には、「明治廿二年九

月九日脱稿　木屑録　漱石頑夫」と記されています。八月三十日に東京にもどってから十日ぐらいで執筆し、浄書したのです。末尾の「頑夫《がんぷ》」は、『孟子』万章章句下に見える語で、物わかりの悪い頑《かたく》なな男という意味です。

漱石は正岡子規に読ませるために『木屑録』を書きました。明治四十一年（一九〇八）、次のように述べています。

其頃《そのころ》僕も詩や漢文を遣《や》っていたので大《おおい》に彼の一粲《いっさん》を博《はく》した、僕が彼に知られたのはこれが初めであった。或時《あるとき》僕が房州に行った時の紀行文を漢文で書いて其中《そのなか》に下《くだ》らない詩などを入れて置いた、其《それ》を見せた事がある。

（「談話（正岡子規）」）

漱石と子規が知り合ったのは「明治二十二年一月」のことでした（『木屑録』総評）。互いに寄席が好きだったことから、子規の方から漱石に近づいて来たのです（「談話（正岡子規）」）。子規はこの年の五月、『七草集』を完成させ、友人たちに回覧してもらっています。『七草集』は、漢文、漢詩、和歌、発句、謡曲、論文、小説という異なった文芸形式で、前年の夏を過ごした向島のことや、向島から広がる連想などを書いた作品です。文芸形式ごとに一巻をなし、全部で七巻から成っていました。友人たちはその巻末の余白に、感想を書き入れていきました。漱石は漢文で批評を書いています。

漱石は、『木屑録』冒頭で、漢文で身を立てようと思っていたが、時勢が一変し、洋書を抱えて学校に通うことになったと述べました。漱石は英語を身に付けることを選び取り、漢詩文を捨てたのです。しかし、再び、漢詩文の作文作詩能力を使って『木屑録』の執筆に取り組みます。『七草集』の漢詩文を読んだこと、『七草集』に漢文でコメントを書いたことなどが契機となり、漱石は、漢文の旅日記の執筆に取り組むのです。

子規は、「東京に来て数年経つが友だちがいなかった……（引用者中略）……僕はようやく付き合い甲斐《がい》のある友人を得た（余初来東都求友数年未得一人……（引用者中略）……余始得一益友）」（『木屑録』総評）と、漱石と知り合ったことを喜んでいます。「西洋に長じた人は東洋のことはできないと思っていたので、漱石君も和漢の学を知らないだろうと思っていた。今、『木屑録』の詩文を見て、漱石君が天稟《てんぴん》の才の持ち主だと知った（余以為長于西者概短于東吾兄亦當不知和漢之学矣。而今及見此詩文則知吾兄天稟之才矣）」（『木屑録』総評）などとも記しています。子規は本当に漱石に心服していたようです。

漱石は『木屑録』を書き終えた後、故郷の松山で療養中の子規に送りました。高島俊男氏は

「十月上旬だろう」（「漱石と子規」、『漱石の夏休み』）と推察しています。子規は『木屑録』に朱筆でコメントを書いていきました。通信添削の〝赤ペン先生〟みたいな感じです。眉批を書き加え、総評を終えて、書き込んだ日付は「十月十三日夜」でした。高島氏の説に従えば、十日ぐらいで子規は朱を加え終わったことになります。子規の眉批は、詩や文についての賛辞もあれば、「……って具合に訂正した方がいい」という指導的なコメントもあります。漱石と子規は同級生ですし、漱石の方が子規より漢文はできるので、漱石からすれば「余計なお世話」だったでしょう。なかには、文芸評論として注目に値する、才気煥発なコメントもあります。第四章で漱石の漢文を読む際、子規の批評もできるだけ引用して紹介しましたので、そちらをごらんください。

漱石は十九年後、「処《ところ》が大将頼みもしないのに跋《ばつ》を書いてよこした。何でも其中に英書を読む者は漢籍が出来ず、漢籍の出来るものは英書は読めん、我兄《わがけい》の如きは千万人中の一人なりとか何とか書いて居った」（「談話（正岡子規）」）と、亡くなった子規のことを思い出しています。「跋」とは『木屑録』の最後に子規が書いた総評のことです。十九年の歳月が経つのに、『木屑録』に子規が書いたほぼその通りの内容を、漱石は記憶しています。

筒袖《つつそで》や秋の棺《ひつぎ》にしたがはず　（明治三十五年十二月一日付高浜虚子宛書簡）

明治三十五年（一九〇二）九月に子規が亡くなりました。この句は、子規の最期の様子を知らせてくれた高浜虚子の手紙への返信に記された作品で、「倫敦にて子規の訃を聞きて」との前書があります。筒袖とは背広の袖、ロンドンにいる漱石を表しています。親友の葬儀に参列できなかった哀しみが伝わってきます。『木屑録』が一般に目に触れられるようになるのは昭和七年（一九三二）、岩波書店が複製本を刊行して以降です。

（三）　書名の由来

『木屑録』の名前については、『木屑録』のはじめに、「この作品は暇つぶしであるので、読みづらい下手な文章であることは言うまでもない。木屑と名付けたのは、ただその粗悪さを示しただけである（且此篇成于閑適之余、則其繊佻骫勿論耳。命木屑云者、特示其塵陋也。）」と記されています。

木屑は、「竹頭木屑《ちくとうぼくせつ》」という故事成語に基づきます。『世説新語《せせつしんご》』政事篇にある陶侃《とうかん》（二五九―三三四）の故事にちなんだ成語です。「竹頭木屑」の「竹頭」は竹のきれっぱしのことで、「木屑」はおがくずのことです。どちらも廃棄処分されてもしかたがないものですが、陶侃《とうかん》は大切に残しておいて、後に役立てました。この逸話から、一見役に立たないようなものも粗末にしないという意味で使います。小島憲之「漱石の詩語──『木屑録』を中心として──」（『漱石の知的空間』〔講座夏目漱石第五巻〕、有斐閣）の指摘があるように、「竹頭木屑」は「明治人には常識的なものとなっていた」故事成語でした。また、『世説新語』は、福沢諭吉が、少年時代に講義を聞いたことのある書物として取り上げています（「福翁自伝」〔年十四歳にして始めて読書に志す〕、松沢弘陽校注『福沢諭吉集』〔新日本古典文学大系　明治編10〕、岩波書店）から、明治時代によく知られた書物でした。

漱石は、「木屑と名付けたのは、ただその粗悪さを示しただけ（命木屑云者、特示其塵陋也）」といっています。この通り意味を取ると、『木屑録』の「木屑」は下手な漢文で書いたつまらない文章という意味になります。しかし、成語の「木屑」には役に立たないものを役立てるという意味があるわけです。一海知義氏は「自らの文章を「木屑」とよぶのは、自謙の語であるとともに、いささかの自負をふくむかも知れぬ」とおっしゃっています（一海知義校注本五一二頁）。すでに見たように、『木屑録』の房総旅行は、小説のあちこちに溶かし込まれました。結果から見て、リサイクルしがいのある「木屑」だったのです。

3　『木屑録』の文章構成

『木屑録』は、改行を手がかりに段落を分けると、十六段落に分かれます。最後の漢詩を独立させる場合は、十七段落となります。一海知義校注本では、十六段落としていますが、高島俊男氏は十七段落に分けています（「木屑録の構成」、『漱石の夏休み』）。一海氏と高島氏では、段落をさらに細かく分ける時に、分け方の違いがあります。本書の底本は一海知義校注本ですので、文章構成も、一海氏の区分に従います。

『航西日記』は、東京→横浜→マルセイユ→ベルリンと、移動の順に時系列で旅の記録が並んでいました。『木屑録』はそれとは様相を異にしています。次のように四つに区切って考えたいと思います。

（一）　第一段落……序章に当たります。内容は、『木屑録』執筆までの経緯、書名の由来など。

（二）　第二段落から第八段落まで……旅の逸話や感慨などを記した断片的な記事。

（三）第九段落から第十五段落まで……自然描写や登山、船での見物など。

第十一段落だけは人物批評で、高島敏男氏は「なぜここにこの文章をはさんだのか、意図を解しかねる」（『漱石の夏やすみ』一六二頁）と述べています。

（四）第十六段落……終章に当たります。拙い文章についてのいいわけ。内容を締めくくる漢詩。

（二）は、いかにも難解そうな構文を使いつつ実は読者を笑わせることを意図したものや、内容が滑稽なものが多く見られます。例えば、第三段落は、医療行為かと思われるような海水浴が描写されます。漢文という堅苦しい文体で、医療行為っぽく難しげな海水浴が語られるところが笑いを誘うのです。

笑いの生み出し方として、外見と内実をアンバランスにしたり矛盾させたりすることで滑稽さを出す方法があります。漢文学にもそういう種類の笑いを醸す形式があります。詩では「狂詩」、文では「漢文戯作」と呼ばれます。青木正児は、「裃《かみしも》を着けて雑煮餅《ぞうにもち》を食ひ、雑煮餅を食ひて咽《のど》に詰《つ》めたらんが如《ごと》し」と「狂詩」のことを表現しました（「京都より見たる狂詩」、『青木正児全集』第二巻、春秋社）。「狂詩」には、漢字が並び、見た目は漢詩の姿をしていますが、有名な詩のパロディや、お腹を壊して観てもらったら藪医者だったなどという下卑た内容などが表現されています。「漢文戯作」は、幕末から明治初期に流行しました。成島柳北『柳橋新誌』（初編は安政六年〔一八五九〕、二編は明治七年〔一八七五〕）などが知られています。福島理子氏は「漱石という人にはとり澄ましたような顔をして、ふと軽妙な洒落や諧謔を弄したりする一面があったらしく、なかなか一筋なわでは行かぬものと思われる」（「漱石の詩をめぐって」、「漱石全集月報22」、『漱石全集』第二十五巻、岩波書店）とおっしゃっています。文字通り読んで意味を解するだけでなく、漱石が醸し出す笑いを行間に感じてもいいのではないかと思います。

漱石『木屑録』の構成

第一段落	〔一〕～〔四〕	幼い頃の思い出。富士登山。興津旅行。房総旅行と『木屑録』執筆の経緯。
第二段落	〔五〕	船で房総に向かう途中、風で帽子が吹き飛ばされ、笑われた。
第三段落	〔六〕	海水浴をして、日焼けした。
第四段落	〔七〕	興津の景色は清雅だったが、保田の景色は峻険《しゅんけん》で奇抜。
第五段落	〔八〕	山水画の掛軸に心奪われていたが、実景の方がいいとわかった。
第六段落	〔九〕	旅の仲間はみな俗物だった。

第七段落	〔十〕	数年前、夜に家で勉強したときのことを回想。
第八段落	〔十一〕・〔十二〕	子規からの手紙。
第九段落	〔十三〕～〔二十〕	鋸山登山。
第十段落	〔二十一〕～〔二十三〕	保田の北。トンネル。
第十一段落	〔二十四〕	米山保三郎のこと。
第十二段落	〔二十五〕	保田のトンネルを漢詩を詠じる。
第十三段落	〔二十六〕～〔二十九〕	保田の南の海。巨岩、海面下の風景。
第十四段落	〔三十〕～〔三十三〕	誕生寺、小湊、鯛の浦。
第十五段落	〔三十四〕	紀行漢詩。
第十六段落	〔三十五〕・〔三十六〕	執筆の苦労と自嘲。

〔三〕は「遊記」の系譜に連なる文章が配されています。伝統的な「遊記」とはどのようなものでしょうか。例えば、東晋の陶淵明「桃花源記」は、武陵（湖南省常徳市）の漁師が渓流をさかのぼって、洞窟をぬけたところの別天地を訪れる話で、唐の柳宗元「永州八記」などの山水遊記は、左遷された土地の自然に親しみ、山水の特色を描いた文章です。また、宋の陸游『入蜀記』や范成大『呉船録』のように長江の船旅をつづった旅日記もあります。珍しい見聞を客観的に記録するだけでなく、見聞を契機として深まった思索とそこから導き出される人生

哲学などを書くという場合が少なくありません。その典型的なスタイルをとっているのは、第十三段落です。本書では前半部分を読みますが、後半部分が思索的な内容となっています。

4 教科書に載せたい漢文

先生の漢詩は立派である。しかしその漢文が、もしずっと書きつづけられていたならば、一そう立派であったであろう。二十三歳の作「木屑録」は、房総旅行の記録であるが、日本人離れのした正確な漢語の措辞《そじ》と、強烈な描写の意想が、写し難《がた》き景を、目前に在るがごとくに、写している。斉藤拙堂の月ヶ瀬遊記が、空論を着けて已《や》むごとくでない。私は世の漢文教科書が、此《こ》れを采《と》らずして彼《か》れを采るのを、怪しみたい。このすぐれた漢文、おそらくは明治時代の漢文としてもっともすぐれたものの一つを、この書物に収めることができなかったのは、残念である。

これは、中国文学者故吉川幸次郎氏（一九〇四―一九八〇）の『漱石詩注』（岩波書店）の序文の一節です。少し古めかしい日本語ですが、漱石への愛があふれている名文なので、第三章の最後に紹介します。故吉川幸次郎氏は次の二点で『木屑録』を評価しています。

一つは、「日本人離れした正確な措辞」です。語彙や文法が正確に使われていることを指します。日本人離れということは、それだけ中国語を母語とする人に近づいているということでしょう。漢文は中国人にとって古典文ですから、現代中国人でも難しいのです。ですから、この「日本人離れした正確な措辞」の語はきわめて高い評価の言葉といえます。

もう一つは、描写力です。評価されているのは、描写しにくい風景を眼前に広がっているかのように描ける着想のすごさという点でしょう。漱石の描写力の比較として持ち出されているのは、齋藤拙堂の「月ヶ瀬遊記」(『月瀬記勝』の「梅谿游記」を指す)です。齋藤拙堂は第二章第9節にすでに出てきましたね。奈良県の月ヶ瀬は梅林で有名で、現在も梅の季節になると多くの観光客が訪れますが、その人気は、齋藤拙堂の「月ヶ瀬遊記」が名文として評判になったことに起因しています。拙堂の「月ヶ瀬遊記」を読んだ人々が次々と月ケ瀬を訪れるようになったのです。故吉川幸次郎氏は、「月ヶ瀬遊記」は「空論を着けて已《や》む(内容のない空虚な論で終わっている)」といい、漢文教科書が、これつまり『木屑録』を採用せず、かれつまり「月ヶ瀬遊記」を採用するのは変だと訴えています。故吉川幸次郎氏は「世の漢文教科書」と書いていますが、『漱石詩注』出版の頃のことではなく、「月ヶ瀬遊記」をよく載せていた戦前の漢文教科書を想定しているのでしょう。「明治時代の漢文としてもっともすぐれたものの一つ」という賛辞に、『木屑録』の高い評価が示されています。

第四章　『木屑録』の漢文を読む（ダイジェスト）

1　『木屑録』のはじめに〔一〕・〔二〕・〔三〕・〔四〕

(一)　子どもの頃

僕は子どもの頃、唐代宋代の傑作を数千も暗誦していて、文章を作るのが好きだった。心を込め、練りに練って十日かけてやっとできた作品もあるし、とっさに口をついてできた作品なのに、落ち着いていて素朴な味わいがあると思ったこともある。僕は昔の作者たちとも肩を並べられるぞと、ひそかに思った。そして、ついには、文章で身を立てようという気になった。それからは、遊びに行ってもどこかに登っても、必ず旅行記を作った。二三年経ってから、文箱を開き、作った文章をいくつか取り出して読んでみた。以前心を込めて練りに練ったと思っていた作品は、ぼろぼろで中身がなく、以前落ち着いて素朴な味わいがあると思っていた作品は、ごちゃごちゃしていて難しい。これをたとえるなら、一つには妓女が息も絶え絶えで気力がないかのよう、一つには聞き分けのない子が親や先生に逆らうかのよう。どちらも見るに値しない。焼き捨て破り捨て、顔は真っ赤、我を失いしばらくぼおっとしていた。

余《よ》児《じ》たりし時、唐宋の数千言を誦《しょう》し、文章を作為《つく》るを喜《この》む。或いは意を極めて彫琢《ちょうたく》し、旬を経《へ》て始めて成り、或《ある》いは咄嗟《とっさ》に口を衝《つ》いて発し、自《みずか》ら澹然《たんぜん》として樸気《ぼくき》有るを覚ゆ。窃《ひそか》かに謂《おも》えらく、古《いにし》えの作者も豈《あ》に臻《いた》り難《がた》からんやと。遂《つい》に意を文を以て身を立つるに有り。是《こ》れより遊覧登臨に、必ず記有り。其の後二三年にして、篋《はこ》を開き、作りし所の文若干《じゃっかん》篇を出《い》だして之を読むに、先に以て意を極めて彫琢すと為せし者は、則ち頽隳繊佻《たいきせんちょう》たり、先に以て澹然として樸気有りと為《な》せし者は、則ち骫骳艱渋《いひかんじゅう》たり。之を人に譬《たと》うれば、一は妓女の奄奄《えんえん》として気力無きがごとく、一は頑児の悍傲《かんごう》にして長者を凌ぐがごとく、皆《み》な観るに堪えず。稿を焚《た》き、紙を扯《さ》き、面《おもて》赤を発して、自失する者《こと》之を久しうす。

余児時、誦唐宋数千言、喜作為文章。或極意彫琢、経旬而始成、或咄嗟衝口而発、自覚澹然有樸気。窃謂、古作者豈難臻哉。遂有意于以文立身。自是遊覧登臨、必有記焉。其後二三年、開篋出所作文若干篇読之、先以為極意彫琢者、則頽隳繊佻、先以為澹然有樸気者、則骫骳艱渋。譬之人、一如妓女奄奄無気力、一如頑児悍傲凌長者、皆不堪観。焚稿扯紙、面発赤、自失者久之。

『木屑録』の冒頭です。子どものとき、得意になって文章を書いていたこと、その後時間をあけて読み直して、その下手さ加減に恥ずかしくなったことが書かれています。順に見ていきましょう。

「喜《この》む」には、愛好するという意味があります。ちなみに現代中国語で「好きだ」を意味する単語を「喜歓（シーフォワン）」といいます。「咄嗟」は呼吸をするくらいのちょっとの時間のことです。

「或いは意を極めて彫琢《ちょうたく》し、旬を経《へ》て始めて成り、或《ある》いは咄嗟《とっさ》に口を衝《つ》いて発し、自《みずか》ら澹《たん》然《ぜん》として樸気《ぼくき》有るを覚ゆ」は、「漢文ってわかりにくい」という方にとって、たぶん文章構造が見極めにくいんじゃないでしょうか。ここは対句になっているのです。対句とは何なのでしょうか。二畳庵主人こと加地伸行氏は、次のような例を挙げていらっしゃいます。

青の信号で渡ります、赤のときは止まります。

白、勝て、赤、勝て。

（『漢文法基礎　本当にわかる漢文入門』、講談社）

こんなふうに「ペアになっている」のが対句です。加地伸行氏は「『ペアになっている』と言う以外定義のしかたがないものである」とおっしゃっているので、それ以上複雑なことを考えなくてよいでしょう。さらに、加地伸行氏は次のようにもおっしゃっています。

　二畳庵先生は、諸君の場合、対句を発見することよりも、全体の骨格を見るようにつとめてほしい、と言いたい。対句、もちろん重要だ。しかし、対句の発見よりも全体の骨格の発見の方が、造形的にまだ楽なのである。

（『漢文法基礎　本当にわかる漢文入門』、講談社）

「骨格の発見」に必要なことは、目で見てわかるような形をさがすことです。「句」と「咄嗟」が時間を表す言葉だということ、「極意彫琢」と「澹然樸気」が文章の評価に当たる言葉であることをふまえ、次のように図式化してみるとよいでしょう。

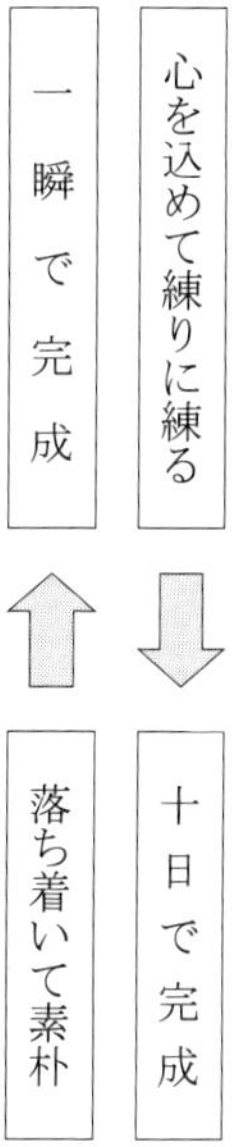

さて、文章の骨格が明確になり、意味がとりやすくなったのではないでしょうか。実はこの冒頭、この後も同じように図式化するとわかりやすい部分が続きます。その前に、反語文「豈……哉」を見てみましょう。図のように考えると、誤解が少なくなると思います。

豈　難　臻　哉（豈《あ》に臻《いた》り難《がた》からんや）

⇩

不　難　臻（臻《いた》り難《がた》からず）

反語の句形「豈……哉」を「不……」に置き換えてしまうのです。昔の作者たちのレベルに到達するのは難しくないという意味になります。漱石は、漢文で身を立てようとも考えるようになります。実際、彼が漢学塾の二松學舎で学んでいたことは知られています。

「遊覧」はあちこち見て回ることで、『文選《もんぜん》』巻二十二の「遊覧」の項では、「芙蓉池で作る（芙蓉池作）」、「西池で遊ぶ（遊西池）」、「赤石に遊んで海に行って船を浮かべる（遊赤石進帆海）」などの詩が並んでいます。「登臨」は、もとは「登山臨水」の意で、山や建物など高い所に登って見渡すときに使うようです。例えば、杜甫「登楼」詩に「全方位が多難のときにここに登って見渡すのだ（万方多難此登臨）」という句があります。

「記」は、訳では「旅行記」と書きましたが、文体の名前です。興膳宏氏は「事実をありのままに書くことを持ち前とする」（『中国名文選』、岩波書店）とおっしゃっています。ものごとやできごとの説明を主とし、論を述べたり、感情を表現したり、自然景観を描写したりします。陶淵明「桃花源記」にも「記」がついていますね。見聞を書くのに「記」は適しているのです。

さらに、先へと目を向け、文章の骨格を見てみましょう。「先に以て意を極めて彫琢すと為せし者は、則ち頽隳繊佻《たいきせんちょう》たり、先に以て澹然として樸気有りと為せし者は、則ち骫骳艱渋《いひかんじゅう》たり」と「一は妓女の奄奄として気力無きがごとく、一は頑児の悍傲にして長者を凌ぐがごとく」が対句になっています。前者の方は図式化しておきましょう。

以前	心を込めて練りに練ったと思っていた	作品は	ぼろぼろで中身がなく
以前	落ち着いて素朴な味わいがあると思っていた	作品は	ごちゃごちゃしていて難しい

漢文の「先以……者則」がこの文章の骨格に当たります。「頽隳繊佻《たいきせんちょう》」「骫骳艱渋《いひかんじゅう》」の四字

句はとても難解です。「頽《たい》」も「隳《き》」も崩れる、「纖」はうすい、「佻《ちょう》」は軽いの意味がありま す。「骫骳《いひ》艱渋《かんじゅう》」は文章が屈曲していて、理解しにくいことを指しています。文章がすっきりとわかりやすいものでなくて、読みづらいということでしょう。

文章がうまく書けたと有頂天になっていたけれど、時間を置いて読み返してみると、駄作だと気づいたんですね。恥ずかしくなって、原稿を燃やしたり、紙を引き裂いたりしてしまったのです。

正岡子規は、「窃謂……立身」に傍点をつけて、「心意気はとても高い（胸懐極高）」と評しています。

（二） 英語を学ぶ

「昔の人はたくさんの書物を読み、遙か遠くまで旅をした。だから、その文章は才智に秀でスケールが大きいし、他より抜きん出て非凡な風格がある。今の僕は、おどおど、もじもじしていて、生まれ故郷にただ引きこもり、首都東京の外に踏み出さないでいる。それなのに、昔の人の優れた文章レベルに達したいと思うのは、大きな間違いではないのか」とひそかに嘆いた。それで、心を奮い立たせて、一歩踏み出し遠くへ旅しようと思ったが、まだその志を果たせないうちに、状況が一変してしまった。僕は蟹が横に歩いているような横文字の本を脇《わき》に抱《かか》えて、地元の学校に通った。学校の授業は大変で、もうぐったり、漢詩文を勉強する時間が全然なくなってしまった。漢詩文の本もたばねて高い棚に置いたまま読まないで、以前のような下手な文章さえも作ることができなくなろうとしていた。こんなことでは、昔の作家たちのレベルに達することなど望めない。

窃《ひそ》かに自《みずか》ら嘆きて曰《いわ》く「古人は万巻の書を読み、又《ま》た万里《ばんり》の遊《ゆう》を為《な》す。故《ゆえ》に其《そ》の文は雄峻博大《ゆうしゅんはくだい》にして、卓然として奇気有り。今、余《よ》、選耎《せんぜん》して趑趄《ししょ》し、徒《いたず》らに父母の郷《きょう》を守りて、足《あし》は都門《ともん》を出《い》でず。而《しか》るに其の文の古人の域に臻《いた》らんことを求むるは、豈《あ》に大過《たいか》ならずや」と。因《よ》りて慨然として屣《くつ》を曳き遠遊せんと欲するも、未《いま》だ志を果《は》たす能《あた》わずして、時勢一変せり。余、蟹行《かいこう》の書《しょ》を挟《さしはさ》みて、郷校《きょうこう》に上《のぼ》る。校課役役《こうかえきえき》して、復《ま》た鳥迹《ちょうせき》の文を講ずるに暇《いとま》あらず。詞賦簡牘の類《るい》は、空《むな》しく之《これ》を高閣に束《つか》ね、先の所謂《いわゆる》繊佻《せんちょう》骫骳《いひ》なる者も、亦《ま》た将《まさ》に為《つく》ることを得ざらんとす。又《ま》た安《いづく》んぞ古《いにし》えの作家を望まんや。

窃自嘆曰、古人読万巻書、又為万里遊。故其文雄峻博大、卓然有奇気。今余選耎趑趄、徒守父母之郷、足不出都門。而求其文之臻古人之域、豈不大過哉。因慨然欲曳屣遠遊、未能果志、而時勢一変。余挟蟹行書、上于郷校。校課役役、不復暇講鳥迹之文。詞賦簡牘之類、空束之高閣、先之所謂繊佻帆骸者、亦将不得為。又安望古作家哉。

優れた漢文を書くために、旅に出ようと思っていたのに、それが実現しないまま、時代のニーズが漢文から英語へと大きく変わり、英語を学ぶために学校に通うことになりました。そのため、漢詩文を勉強する機会がなくなり、昔の人のように優れた漢文を書くことが望めなくなったと、漱石は記しています。持って回った書き方ですが、「僕は漢文があまり上手じゃない」ことを何とかいいわけしようとしているんです。実際は度の過ぎた謙遜でしょう。

「選耎《せんぜん》」は怖じけづいて前に進めないさま、畳韻の語です。「おどおど」と訳してみました。「趑趄《ししょ》」は双声の語で、「もじもじ」。漱石は東京から一歩も出ないで今まで来たことをいっています。「豈不……哉」は、なんと……ではないか、という意味です。

「蟹行書」は、蟹が横歩きしているような文字が並んだ書物、具体的には英語の本のこと。「郷校」は、本来、都の学校に対して各地に置かれた学校を指し、ここは地元の学校の意味で使われています。漱石は明治十六年（一八八三）、大学予備門受験準備のため、神田駿河台の私立成立学舎で学んでいます。「役役」は学校での授業が大変だったこと、「不得……」は、……

する機会がなくてできない、「安……哉」は反語で、ここは、昔の作家のような域に達することは望めないという意味です。

「鳥迹の文」は、鳥の足跡の模様という意味ですが、漢字を指します。なぜ漢字のことを「鳥迹」というのでしょうか。ここでその言葉の由来をお話しましょう。

中国の神話に蒼頡《そうけつ》（倉頡《そうけつ》とも）という神様がいます。蒼頡は、神話の世界の最初の帝王とされる黄帝に仕えていました。あるとき、鳥の足跡をじっと見た蒼頡は、それがどんな鳥の足跡であるかすぐわかることに疑問を抱きました。そして、鳥の個性が足跡に表現されているせいではないかと考えるに至りました。さらに、蒼頡はこの事をもっと多くの事物に応用できないかと考えます。さまざまな事物の特徴を造形的に表現し、その意味を表すもの、つまり漢字を発明したのです。この逸話を踏まえ、「鳥迹」が漢字を表す言葉となったのです。ちなみに、蒼頡は独特の姿で描かれます。なんと眼が四つもあるのです。二つの眼だけでは観察眼が不足して漢字を発明できないと、昔の人は思ったのでしょう。

横道にそれてしまいましたね。『木屑録』にもどりましょう。「之を高閣に束ね」の「高閣」は高い棚のことです。貴重な器や書物を高い棚の上に置いたまま顧みないことを、高閣に束ねるといいます。『晋書』庾翼伝に見える言葉です。

なお、正岡子規は「古人……万里遊」について、「目の付け所もすばらしい（所見也好）」とコメントしています。

（三）　富士登山

明治二十年、傘を手にして富士山に登った。箱根を越え、白雲が涌き上がる中を進むと、足もとは数尺の積雪で、足の裏が凍り付き、指があかぎれてしまった。はるか関八州の山々を見下ろすと、小さな丘のように見え、気持ちがとても大きくなり、雲をも凌ぐ気持ちになった。けれども、壮大な旅を書き記す文章を一つも書くことができなかった。今年七月、一番年下の兄と一緒に興津《おきつ》に出かけた。興津は東海の名勝である。十日余り滞在し、退屈でぼおっとしていたが、とうとう詩文が一篇もできなかった。ああ、僕は、以前、文章を作りたいという思いがあったのに、名山や大河がその心を盛り立ててくれるということがなかった。今は、名山や大河を見ているのに、一文字でさえ、その風景に応えられていない。天のさだめではないか。

明治丁亥《ていがい》、遂に簦《とう》を担《にな》いて富岳に登る。函嶺《かんれい》を越え、白雲蓬勃《ほうぼつ》の間を行けば、脚底《きゃくてい》の積雪数尺にして、蹠《あし》は凍り指は皸《さ》くるも、遙かに八洲の山を瞰《みお》ろせば、培塿《ばいよう》のごとく、豪気稜稜《りょうりょう》として、雲を凌《しの》がんと欲す。然れども、一篇以て壮遊を叙《じょ》する能わず。今茲《こんじ》七月、又《ま》た季兄と興津《おきつ》に遊ぶ。地は東海の名区たり。滞留すること十余日、蕭散無聊《しょうさんぶりょう》なりしも、而《しか》も遂に一の詩文を得ず。嗟呼《ああ》、余、先には文章を為《つく》る意有りて、而も名山大川の其の気を揺蕩する者無し。今は則ち名山大川を覧《み》て、而も一字の風光に報ゆる無し。豈《あ》に天に非ずや。

明治丁亥、遂担簦登富岳。越函嶺、行白雲蓬勃之間、脚底積雪数尺、蹠凍指皸、遙瞰八洲之山、如培塿、豪気稜稜、欲凌雲。然不能一篇以叙壮遊。今茲七月、又与季兄遊于興津。地為東海名区。滞留十余日、蕭散無聊、而遂不得一詩文。嗟呼、余先者有意於為文章、而無名山大川揺蕩其気者。今則覧名山大川焉、而無一字報風光。豈非天哉。

明治二十年（一八八七）、漱石は富士登山をしました。「簦」は長い柄のついた傘のことです。草鞋をはき、長い柄の傘をさして、趙の国の孝成王の前で熱弁したという虞卿の逸話に出てきます（『史記』平原君虞卿列伝）。「函嶺」は箱根の山、「蹠は凍り」は足の裏が凍ること、「指は皸くる」は指があかぎれでひび割れることを意味します。「遙かに八洲の山を瞰せば……雲を凌がんと欲す」は、富士山から関八州つまり関東地方の山々を見下ろしたときの風景と気分を表しています。「培塿」は小さな岡、「稜稜」はごつごつと角張ったさまですが、ここは「豪気稜稜として」で豪快な気持ちがパンパンに盛り上がって来るのでしょう。「為《た》り」と読んだ「為」は断定の助動詞の用法で、……であるの意です。「蕭散」は双声の語で静かでひっそりしたさまを表します。「天」は天命、運命の意味です。『論語』顔淵篇に、天命、運命の意味の「命」と「天」が使われている一節があります。次の表をごらんください。原文、バートン・ワトソン氏の『The Analects of Confacius』の英訳、書き下し文、現代語訳の順に並べてみます。

死生有命、富貴在天
Life and death are a matter of fate; wealth and eminence rest with Heaven.
死生は命に有り、富貴は天に在り
死ぬも生きるも運命であり、財産も地位も運命だ

バートン・ワトソン氏は、「命」に「fate」、「天」に「Heaven」を使っています。多言語での比較を、意味を深く考える契機としていただけたらと思います。

（四）『木屑録』を書く

八月になって再び海を渡って、房総半島に出かけた。鋸山に登り、上総《かずさ》・下総《しもうさ》を経て、利根川を遡って東京に帰った。旅の日数は三十日、行程は九十里余りだった。帰って来たちょうどその頃、秋雨が連日降り続いた。一室にひっそりと暮らし、旅の楽しさ辛かったことなどを思い出していると、気持ちが抑えがたくなってきた。そこで筆を取り、旅のことを書いていくと、原稿が何枚にも積み重なった。「以前、文を書いているが旅をしていなかったことと、旅をしても文を書かなかったことは、差し引きゼロのようではないか」と思った。しかし、僕は、もうすでに文章で身を立てることを断念してしまった。さらに、この作品は暇つぶしであるので、読みづらい下手な文章であることはいうまでもない。木屑と名付けたのは、ただその粗悪さを示しただけである。

八月、復《ま》た海を航し、房洲に遊ぶ。鋸山《きょざん》に登り、二総《にそう》を経て、刀川《とうせん》を遡りて帰る。日を経《ふ》ること三十日、行程は九十余里なり。既に帰れば、会《たま》たま秋雨、日を連《つら》ぬ。一室に閑居し、旅中の快楽辛酸の事を懐《おも》い、其の情に堪《た》えざる者有り。乃《すなわ》ち筆を執《と》りて之《これ》を書《しょ》するに、積みて数葉《すうよう》に至れり。窃《ひそ》かに謂《おも》えらく「先の記《しる》す有らんとして遊ぶこと無き者と、遊ぶこと有りて記《しる》す無き者と、相い償《つぐな》うに庶幾《ちか》からんか」と。然るに、余既に意を文章に絶てり。且つ此の篇は閑適の余に成れば、則ち其の纎佻颿皺なること論勿《な》きのみ。命じて木屑《ぼくせつ》と云《い》う者は、特《た》だ其《そ》の塵陋《じんろう》なるを示せるなり。

八月復航海、遊於房洲。登鋸山、経二総、溯刀川而帰。経日三十日、行程九十余里。既帰、会秋雨連日。閑居一室、懐旅中快楽辛酸之事、有不堪其情者。乃執筆書之、積至数葉。窃謂、先之有記而無遊者、与有遊而無記者、庶幾于相償焉。然余既絶意於文章矣。且此篇成于閑適之余、則其纎佻颿皺勿論耳。命木屑云者、特示其塵陋也。

房総旅行のルートと、旅行記執筆の経緯、『木屑録』の命名について述べています。第三章第2節（三）ですでに述べましたので、繰り返しません。「鋸山《きょざん》」、「二総《にそう》」、「刀川《とうせん》」は、鋸《のこぎり》山、上総・下総、利根川を漢語風に呼んだもの、「既に帰れば」の「既に……」は、……した以上という意で、この用法の「既に」は『木屑録』の中で何度も使われます。「会」は「会《たま》ま」と読みましたが、前後の事情がうまい具合に合致したことを表し、ちょうどそのときの意となります。「乃《すなわ》ち」はここでは、そこで、「謂《おも》えらく」は、思うに……、の意味です。

「庶幾」には二つの読み方があります。

（1）「庶幾《こいねが》わくは……」（願望）→「どうか……でありたい」「……であることを願う」

庶幾《こいねが》わくは余《よ》を赦《ゆる》せ／庶幾赦余　（『春秋左氏伝』襄公二十六年）

「どうか私を許してほしい」という意味です。「許す」ということに限りなく近い状態を考えているということから、（2）の用法につながります。

（2）「……庶幾《ちか》し」（推量）→「ほとんど……だろう」「どうも……のようだ」

吾が王、疾病《しっぺい》無《な》きに庶幾《ちか》からんか／吾王庶幾無疾病与　（『孟子』梁恵王下）

文末の「与」は「か」と読んで詠嘆を示すので、「われらが王は、どうもお元気のようだなあ」と訳せます。病気でない、つまり元気な状態を、望ましい状態に近いと推測しています。なお、「与」を置き字にすれば、「吾が王、庶幾《こいねが》わくは疾病無からんことを」と読むこともできます。

（1）と（2）では読み方が違いますし、一方が願望、一方が推量というと、二つは別の用法と思えるかもしれません。しかし実際は、二つは意味がとても近いのです。わかりにくければ、二つの読み方があると考えておけばよいでしょう。ここは、二つの「相償」が「庶幾」の目的語となって、差し引きゼロに近いという意味になりました。「于」は次の「於」と同じで、目的語につく前置詞です。書き下し文を作る時は読まないので置き字になります。「意を文章に絶てり」の原文「絶意於文章」は、「絶A於B」の形を取っており、「絶」が二つの目的語を持っています。「特《た》だ」は、ただ……だけ、「塵陋」は粗末の意味です。

さて、次は、いよいよ東京の霊岸島から船に乗って、房総半島を目指します。図は汽船発着所で、右端の建物上部に「房州行」の文字が見えます。

「汽船発着所」（『風俗画報』236号，1901年8月5日）

2　船の上で［五］

僕は八月七日に旅に出た。この日は、ひどく風が吹いて、船に乗っている人々はだれもがくらくら、おどおど、起《た》ち上がることができなかった。女子が三人、甲板に座って談笑して平然としていた。僕は男の中の男なのに、髪を飾った女子たちに及ばないのを深く恥じ、思い切って欄干につかまって正座した。風と水が互いに戦っている様子を見ようとして、よろよろと立ち上がった。そのとき、激しい波が船を持ち上げ、船は斜めに傾いてほとんど顛覆しそうになった。僕はバランスを崩し、傾き倒れた。倒れるとき、目を開けていられないような風が激しく吹いて、帽子を奪い去ってしまった。振り返ると、落ちた帽子がひらひらして、飛び跳ねる泡の中でぐるぐる回って流れているのを見た。船の人々は皆、手をたたいて大笑いした。三人の女子もにこにこして、僕のぶざまな様子を嘲笑《あざわら》うかのようだった。穴があったら入りたい、そんな気持ちになった。

余、八月七日を以て途《みち》に上《のぼ》る。此の日大いに風ふき、舟中《しゅうちゅう》の人、概《おおむ》ね皆《み》な眩《めくら》み怖れて起つこと能わず。三女子《さんじょし》有り、甲板の上に坐して、談笑《だんしょう》して自若《じじゃく》たり。余《よ》深く鬚眉漢《しゅびかん》の巾幗者流《きんかくしゃりゅう》に若《し》かざるを愧《は》じ、強《し》いて欄に倚《よ》りて危坐す。既《すで》に風水《ふうすい》相《あ》い闘《たたか》うの状を観《み》んと欲し、蹣跚《まんさん》として起つ。時に怒濤《どとう》舟《ふね》を掀《あ》げ、舟欹斜《きしゃ》して殆《ほとん》ど覆《くつがえ》らんとす。余歩《よほ》を失《うしな》い傾《かたむ》き跌《たお》る。跌るる時、盲風《もうふう》猋《ひょう》として至り、帽《ぼう》を奪《うば》いて去る。顧《かえりみ》れば則《すなわ》ち落帽《らくぼう》の飄《ひょう》飄《ひょう》として、跳沫《ちょうまつ》の中に回流《かいりゅう》せるを見るのみ。舟人《ふなびと》皆《み》な手を拍《う》ちて大笑す。三女子も亦た囅然《てんぜん》として余の亡状《ぼうじょう》を嗤《わら》うがごとし。之《これ》が為《ため》に忸怩《じくじ》たり。

余以八月七日上途。此日大風、舟中人、概皆眩怖、不能起。有三女子、坐于甲板上、談笑自若。余深愧鬚眉漢不若巾幗者流、強倚欄危坐。既欲観風水相闘之状、蹣跚而起。時怒濤掀舟、舟欹斜殆覆。余失歩傾跌。跌時、盲風猋至、奪帽而去。顧則見落帽飄飄、回流於跳沫中耳。舟人皆拍手而大笑。三女子亦囅然如嗤余亡状。為之忸怩。

船の旅といえば、どんなことを思い付きますか。ジェームズ・キャメロン監督の映画『タイタニック』（一九九七年公開）を思い付いた方もいらっしゃることでしょう。今でも船旅といえばよく引き合いに出される映画ですね。実は漱石の今回の船旅をイメージするのにふさわしいアニメーションがあります。ウォルト・ディズニー監督の『蒸気船ウィリー』です。一九二八年十一月、アメリカで公開された、約七分ほどの、音入り（トーキー）のアニメーション映画です。ミシシッピー河を下る小さな蒸気船は、時々黒い煙を出します。そして、そのたびに船が伸縮したり、煙がまん丸になったりと躍動的で、コミカルです。船長のミッキーマウスもひょうきんで、ちょこまかと動き回ります。東京湾を横切って房総半島へと向かう船をイメージするとき、この蒸気船ウィリーをヒントにしてもらえるといいかなと思います。もちろん、人の乗るリアルな船は伸びたり縮んだりしませんが……。

船をイメージできたら、今度は乗船客のことを想像してみましょう。『女学雑誌』二一九号（明治二十三年六月）に、ＫＭ生という書き手が書いた「避暑地案内　上」が載っています。

一座の面々一様の人物なく君子あり才子あり「ジェントルマン」あり「レディー」あり田舎漢あり江戸子あり粋人過客に石部金吉に種々雑多の人物ありて各々得意の弁を揮い或は自己の経歴話をなして手柄振るもあれは又弥次北八の失敗話をなして戯談人を笑わしむるもあり……　（引用者以下略）

同船した人々が打ち解けあって、自慢の話、失敗談などをしていますね。避暑地に向かう船はすでにリゾート気分に満ちています。『女学雑誌』は女学生たちを読者とした雑誌ですから、女の子たちはリゾートに向かう船旅での楽しみ方を、記事から学んだことでしょう。

さて話題を『木屑録』にもどしましょう。漱石の気分と動きに注目してください。

漱石は三人の女子をとても意識しています。この三人が若いかどうか書いていませんが、漱石が過剰なほどに彼女たちを意識していることから考えると、若い女性たちだったのだろうと思われます。

彼女たちは三人でおしゃべりに夢中、大風が吹いていても平然と続けています。そんな彼女たちを見て、漱石は、「男子が女子に負けているとは恥ずかしい」と考えます。書き下し文では「鬚眉漢の巾幗者流に若かざるを愧じ」となっていますね。「鬚眉漢」は、男の中の男。女性は髭が生えず、眉を剃るものだったので、鬚と眉が男っぽさの象徴となったのです。「巾幗」は髪飾りの意で、女性を表します。「……に若《し》かざる」は、終止形にすると、「……に若かず」となります。……に及ばない、……の方がましだ、ということです。漢字は違いますが、「百聞は一見に如かず」の「如かず」と同じ意です。

漱石も他の乗客たちと同じように、大風が恐いのです。でも、「イイ格好を見せたい」という意識がむくむくと湧き起り、船の欄干につかまって、きちんと坐ります。これは、冷静さを装うポーズでしょう。さらに船客がくらくらして脅えて立ち上がれないほどなのに、漱石はよろよろと立ち上がります。

「蹣跚として」は、よろよろしてという意味。「蹣跚」は、音読みをローマ字表記すると、**mansan** になり、同じ韻字（この場合 an）を両方の字が持っている熟語です。畳韻の語です。「蹣跚」は、日本語の「よろよろ」とか「ひょろひょろ」に当たります。

漱石にとって運の悪いことに、激しい波が船を持ち上げます。漱石は「掀」という字を使っています。これは、急に飛び上がったり、跳ね上がったりする意味があります。船がぐいっと波に持ち上げられる様子を表現するのにぴったりの漢字です。

その後、激しい風が吹いてきます。「盲風」は、『礼記』「月令」の仲秋の記事に見える語です。鄭玄という学者は、「盲風とは疾風である（盲風、疾風也）」と注をつけています。漱石は八月七日に旅立ったと書いていましたね。八月は旧暦では仲秋です。中国古代の書物に見える言葉を語義に忠実に使っていることになります。

その「盲風」は、「猋として」吹き至ります。「猋」は犬が三匹で一つの字になっています。

ここで、「猋」がなぜ「ひどく」の意味を持つか考えてみましょう。そのために、「猋」と同じく、同じ字を三つ重ねて一つの字を構成する漢字について考えましょう。順にどんな意味でしょうか。

「同じ字を三つ重ねる漢字」

①森　②品　③晶　④聶　⑤淼　⑥驫　⑦轟

水三つで構成された漢字は、第二章第11節の漢詩の中に出てきました。木が三つで森ができるように、三つあることは多いことを意味しますね（①から④の漢字についてのくわしい解説は、この節の末尾をごらんください）。ということは、犬が三匹というのは、犬がたくさんいるということです。では、それがなぜ「ひどい風」の意味になるのでしょうか。白抜きのカードを見てください。この二つの漢字は、意味は同じです。つまり、「猋」は本来、風が付く字で、そのために風を意味しているのです。

「囅然」は笑いを表す言葉で、『荘子』達生篇に見えます。この語は次のような逸話に出てきます。

沢地で狩りをしていた時、怪しい化け物を見た桓公は、狩りからもどると病気になり、屋敷に引きこもってしまった。ある時、桓公は皇子告敖という人物に「化け物はいるのか」と尋ねると、皇子は、戸口、水辺、山中、沢地など場所によって違う化け物がいることを告げた。桓公は沢地の化け物の姿かたちについて質問した。皇子は、姿かたちを伝え、それを見たものは覇者になるということを付け加えた。桓公はにこにこ笑うと、「私が見たのはそれだ」と言い、しばらくして、病気は治癒した。

「病は気から」をエピソード化したような一節です。「にこにこ」が「囅然」に当たります。「囅然」は、鬱々とした気分から解放された軽やかな笑いを意味しています。

三人の女性たちの笑いを「囅然」の語で示したのは、彼女たちの屈託のない笑いを表現したかったのではないかと思います。「嗤うがごとし」は、嘲笑《あざわら》うかのようだという意味です。ただし、実際に、彼女たちが嘲笑していたとは限りません。「忸怩」は、恥ずかしくて穴があったら入りたい気持ちを指します。音読みは「じくじ jikuji」ですから、双声の語ですね。

瀬崎圭三氏は『海辺の恋と日本人』（青弓社）でこの一節を、「ここで重要なのは、実際に三人の女性たちが「余」をあざ笑っているわけではなく、「余」があざ笑われているように感じている点だ」と指摘しています。海辺のリゾート地に向かう船の中で、すでにリゾート地での異性との出会いが意識され、期待感が高められています。

さてこの落帽の個所に、正岡子規は「ただ残念なことは孟嘉が文を作らなかったことだ（只惜孟嘉不作文）」とコメントしました。孟嘉とは陶淵明の母方の祖父のことです。陶淵明「晋の故《もと》の征西大将軍の長史だった孟嘉殿の伝（晋故征西大将軍長史孟府君伝）」に、宴席で孟嘉が帽子を吹き飛ばされた逸話が見えます。

九月九日の重陽の節句の日、孟嘉は征西大将軍桓温の宴席に侍っていました。風が吹いて、孟嘉は帽子を落してしまいます。帽子を落とした当初、孟嘉はそのことに気づかないで、厠に立ちました。人前で頭を見せるのは失礼なこととされます。それで、宴席を主催した桓温は孫盛に、孟嘉を嘲笑する文を作らせ、孟嘉の席にそっと置きました。厠からもどった孟嘉は、それを見てすぐに笑いながら弁明の文を作りました。考える余裕がなかったのに、即座にすばらしい弁明の文を作った孟嘉を、列席の人々は称賛したのでした。

正岡子規は、この逸話をふまえて、落帽した孟嘉は即座に優れた弁明の文を作ったのに、漱石は作らないのかと、からかっているのです。

では、漱石が落としたのはいったいどんな帽子でしょう。学生帽でしょうか、それとも麦わら帽子でしょうか。『吾輩は猫である』にはパナマ帽が登場します。

細君《さいくん》はパナマの価段《ねだん》を知らないものだから「是《これ》になさいよ、ねえ、あなた」と頻《しき》りに主人に勧告して居《い》る。

（『吾輩は猫である』［六］）

漱石は小説の中に書くだけでなく、実際にパナマ帽を購入しました。漱石夫人の鏡子さんの話として、「ちょうど夏になって帽子が欲しいといっているところへ、たしか「猫」の稿料が十五円か入りました。さっそく帽子屋へ行ってそっくりそれでパナマ帽を買ってきてだいぶ得意でかぶっております」（『漱石の思い出』、文藝春秋社）という言葉が残っていますが、パナマ帽は値段が高く、学生の漱石がかぶっていたとは思えません。

『こころ』にも帽子が登場します。「実をいうと、我々は随分変《ずいぶんへん》な服装《なり》をしていたのです。ことにKは風のために帽子を海に吹き飛ばされた結果、菅笠《すげがさ》を買って被《かぶ》っていました」（『こころ』下「先生と遺書」［三十］）。帽子の種類はわかりませんが、海に飛ばされたという点は、『木屑録』と重なります。

「同じ字を三つ重ねる漢字」解説

①は「もり」、樹木がたくさんあるところ。②は「しな」、いろいろの名の物。③は「あきらか」、きらきら光るさま。④は耳を寄せ合ってひそひそ話すさま、音読みは「しょう」。⑤は水が果てしなく広がるさま、音読みは「びょう」。⑥はたくさんの馬が駆けるさま、音読みは「ひょう」。⑦は「とどろく」、多くの車が往来する音。

3　海水浴［六］

僕は房州に来てから、毎日海水浴をしている。少ないときは二三回、多いときは五六回に及ぶ。海水浴をする時は、わざとぴょんぴょん飛び跳ねて子どもの遊びのようにする。

健全な食欲を持ちたいと思うからである。退屈すれば熱い砂の上に横たわる。温かさがお腹を浸して、とても気持ちがいい。このようなことを数日繰り返していると、毛髪がじわじわと赤茶けて来て、顔の皮膚がじわじわと黄ばんで来た。十日後、赤茶色は赤になり、黄色は黒になってしまった。鏡を見て、がっくりして、我を失った。

余房《よぼう》に遊びしより、日び鹹水《かんすい》に浴す。少きも二三次、多きは五六次に至る。浴する時、故《ことさら》に跳躍して児戯《じぎ》の状を為す。食機を健ならしめんと欲すればなり。倦めば則ち熱沙の上に横臥《おうが》し、温気腹を浸《ひた》して、意甚だ適《こころよ》きなり。是《か》くのごとき者《こと》数日、毛髪漸《ようや》く赭《あか》らみ、面膚《めんぷ》漸く黄ばむ。旬日《じゅんじつ》の後、赭きは赤と為《な》り、黄なるは黒と為る。鏡に対して爽然《そうぜん》自失《じしつ》たり。

余自遊于房、日浴鹹水。少二三次、多至五六次。浴時、故跳躍為児戯之状。欲健食機也。倦則横臥於熱沙上、温気浸腹、意甚適也。如是者数日、毛髪漸赭、面膚漸黄。旬日之後、赭者為赤、黄者為黒。対鏡爽然自失。

海水浴についての一節です。『こころ』に、「ある時は海の中が銭湯《せんとう》の様《よう》に黒い頭でごちゃごちゃしている事もあった。其中《そのなか》に知った人を一人《ひとり》も有《も》たない私も、斯《こ》ういう賑《にぎ》やかな景色の中に裹《つつ》まれて、砂の上に寝《ね》そべって見たり、膝頭《ひざがしら》を波《なみ》に打たして其所《そこ》いらを跳《は》ね廻《まわ》るのは愉快であった」（『こころ』上「先生と私」〔一〕）という記述があり、『木屑録』の「跳躍」の描写に重なります。

　この一節に書かれた文章に似ている記述を、当時陸軍軍医総監だった松本順の『海水浴法概説』（明治十九年〔一八八六〕）にいくつか見出すことができます。海水浴の回数は最初は十二時間で二回、その後、次第に増やしていくとよいこと、食欲増進、体力強化の効能があること、日焼けして赤くなることなど、松本順は医療行為としての海水浴の方法を書い

「大磯海水浴場之図」（『風俗画報』97号，1895年8月10日）

ています。

漱石は、熱い砂の上でうつ伏せになる快感にも触れていますね。海岸の子供たちに習って、熱砂で腹部をあたためたら気持ちが良いこと、地元の人々の話では、その行為によってお腹の病気になることはないことも、松本順『海水浴法概説』に見えます。「海水浴」は、近代西洋からもたらされた概念です。明治時代、西洋医学由来の、医療行為としての海水浴という考え方が広まっていきます。

漱石は海水浴を医療行為として捉えて、漢文に表しました。では、漱石にとって海水浴とは医療行為だったのでしょうか。いえ、そういう捉え方をするのは不適当だと思います。『硝子戸の中』で、漱石は、友だちと水泳場に通った思い出を述べています。

> 私が高等学校にいた頃、比較的親しく交際《つきあ》った友達の中にOという人がいた。其時分《そのじぶん》から余《あま》り多くの朋友《ほうゆう》を持《も》たなかった私には、自然Oと往来《ゆきき》を繁《しげ》くするような傾向があった。私は大抵《たいてい》一週に一度《いちど》位《くらい》の割《わり》で彼《かれ》を訪《たず》ねた。ある年《とし》の暑中休暇などには、毎日欠《か》かさず真砂町《まさごちょう》に下宿している彼を誘って、大川《おおかわ》の水泳場迄《まで》行《い》った。
>
> （『硝子戸の中』［九］）

明治四年（一八七一）に隅田川浜町海岸に遊泳場が設置され、さらに明治十年には東京帝国大学が隅田川で水泳・ボートの練習を始めます（東美晴「明治期におけるリゾートの形成」、『流通経済大学社会学部論叢』一五巻一号）。『こころ』には、鎌倉の海で、「私は浅い水を頭の上まで跳《はね》かして相当の深さの所迄来《ところまでき》て、其所《そこ》から先生を目標《めじるし》に抜手《ぬきで》を切った」（『こころ』上「先生と私」〔三〕）と、日本の伝統的泳法「抜手」で泳いだことが描かれています。

第三章第3節で述べたように、『木屑録』の「海水浴」の記事が、医療としての海水浴をもっぱら漢文で書かれている点に注目してください。自己は戯画化され、笑いを誘う対象となっています。

では、言葉について、詳しく見てみましょう。「房」は房州（安房の国）、「鹹水」は塩水のことです。「故」は、「故《ゆえ》に」と因果関係を示す接続詞で使うことが多いですね。だから、それでと訳します。しかし、この文中の「故」は、副詞で「故《ことさら》に」と読みます。意図を持って、あるいは特定の目的のために行うことを表し、わざと、わざわざと訳します。「児戯の状」は子どもの遊びの様子、「食機」は管見の限り用例を見出すことができませんので、一海知義校注本が「食欲」と訳しているのに従います。

「是《か》くのごとき者《こと》数日」の原文は「如是者数日」です。「如是」は、このようであるという意味で、ここでは前に述べた海水浴をしたことを指しています。「者」は「者《こと》」と読みましたが、この節の終わりでは「者《もの》」とも読みました。どういう違いがあるのでしょうか。西田太一郎『新訂漢文法要説』（朋友書店）は、「「大者」と言えば、「大きい何ものか」を指す」と説明しています。訳す場合、日本語の「の」を使えばよく通じる場合があるとも述べています。さらに付け加えると、『Du's Handbook of Classical Chinese Grammar』は「者」の基本の意味は「this one」といって、簡単に三つに分けています。表を見てください。例文の書き下し文と訳は筆者が施しましたが、それ以外は『Du's Handbook of Classical Chinese Grammar』からの引用です。

「者」について	
(1)	As qualifier head ('the one which…')
例	有出於胥商之族者
	There were some who came from the families of clerks or merchants.
	胥商の族を出づる者《もの》有り
	下級官吏や商人の一族を出自とする人がいた

(2)	Topic marking suffix to a noun	
例	石奢者、楚昭王相也	
	Shíshē was Prime Minister to King Zhāo of Chǔ.	
	石奢なる者《もの》は、楚の昭王の相なり	
	石奢というのは、楚の昭王の宰相である	
(3)	As a time marker in the topic position	
例	今者	
	Now	
	今者《いま》	
	今	

「漸」は少しずつの意、やっとのことでの意ではありません。「旬日」は十日間、「爽然自失」は、がっくりして我を忘れるの意になります。「爽」は両側に二つに分かれた乳房の意味との説もあり、二つにぱっくり割れる意味を持っています。すっきり割れることから「爽《さわ》やか」や「爽《あき》らか」の、割れてバラバラになることから「爽《たが》う」の意味が生じています。「颯爽《さっそう》」という熟語がありますね。これは、勇ましくきびきびしたさまを表します。「爽然」は悪い意味で使

います。ぱっくり割れて気が抜けることです。

第三章で述べたように、『吾輩は猫である』に吾輩が海水浴の効能を解く場面があります。

海水浴の利益を喋々《ちょうちょう》して大発明の様《よう》に考えるのである。吾輩抔《わがはいなど》は生れない前から其《その》位《くらい》な事はちゃんと心得て居《い》る。第一海水が何故《なぜ》薬《くすり》になるかと云えば一寸《ちょっと》海岸へ行けばすぐ分《わか》る事じゃないか。あんな広い所に魚が何疋《びき》居《お》るか分らないが、あの魚が一疋《ぴき》も病気をして医者にかかった試《ため》しがない。みんな健全に泳いで居《い》る。（『吾輩は猫である』［七］）

猫の弁舌はまだまだ続きます。ぜひ『吾輩は猫である』でお確かめください。『木屑録』の海水浴の描写が醸し出す滑稽さが、『吾輩は猫である』に引き継がれたように感じる一節です。

4　旅館で［九］

一緒に旅をした仲間は僕をあわせて五人である。風流韻事を理解する者はいない。酒をあおって大声で叫んだり、もりもり食べて給仕を驚かしたりする。海水浴の後、そのたびに囲碁をしたり、花札をしたりして、退屈しのぎをする。僕は一人、思索にふけっている。ときにはうめき、とても苦しい。人々はみな馬鹿にして笑った。変わった奴と思われたが、僕は気にしなかった。清の文人邵 長衡《しょうちょうこう》が文章の構想を練るとき、大変な苦しみを抱えているい人のようだったが、文章ができると大変喜んで、衣を引きずり、ベッドのまわりをぐるぐるまわって激しく叫んだそうだ。僕のうめくのはこれと同じようなものだ。しかし、そばにいる仲間たちは知らないのだ。

同遊の士、余《よ》を合せて五人なり。風流韻事を解する者無し。或いは酒を被《こうむ》りて大呼し、或いは健啖《けんたん》にして食に侍《じ》する者を驚かす。浴後、輒《すなわ》ち棋を囲《かこ》み牌を闘わせ、以て消閑《しょうかん》す。余独り冥思遐捜《めいしかそう》す。時に或いは呻吟《しんぎん》し、甚だ苦しむの状を為す。人皆《み》な非笑《ひしょう》す。以て奇癖と為すも、余は顧みざるなり。邵青門思いを構《かま》うる時に方《あた》りて大苦《たいく》有る者に類《るい》せるも、既《すで》に成れば則《すなわ》ち大いに喜び衣を牽《ひ》き床を遶《めぐ》りて狂呼す。余の呻吟焉《しんぎんこれ》に類《るい》する有り。而《しか》るに傍《かたわら》の人《ひと》識《し》らざるなり。

同遊之士合余五人。無解風流韻事者。或被酒大呼、或健啖驚侍食者。浴後、輒囲棋闘牌、以消閑。余独冥思遐捜。時或呻吟、為甚苦之状。人皆非笑。以為奇癖、余不顧也。邵青門方構思時類有大苦者。既成則大喜牽衣遶床狂呼。余之呻吟有類焉。而傍人不識也。

旅館での仲間の様子と、自分のしていることを記しました。漱石は仲間と全く違った行動を取っていますが、この節に対する子規のコメントは「なんと僕によく似ていることか（何類余之甚）」です。子規は、うめきながら詩を作っている漱石に共感しています。やれやれ二人は似た者同士だったのですね。

では、順に見ていきましょう。

「風流韻事」は自然に親しみ詩歌を作ること、「或……或……」は、……したり……したり、「健啖」は大食いのことです。「食に侍する者」は給仕をする人を意味しますが、具体的には、仲居さんのことでしょう。「輒ち」はそのたびごとに、「棋を囲み」は囲碁、「牌を闘わせ」は花札遊び、「消閑」は暇つぶしのことです。「冥思」は深く考えること、「遐捜」は深く究めること、「呻吟」はうめくことです。「非笑」の「非」は「誹《そし》る」の意で、咎めることを意味する「非難」の「非」と同じです。

「既に成れば則ち大いに喜び」の「既《すで》にＡ則《すなわ》ちＢ」は、Ａである以上はＢだろう、Ａであるからには Ｂにちがいないなどと訳します。Ａの事態や行為がＢの結果に強く関わっていることを示しています。『論語』季氏篇に「既……則……」の例があります。構造がわかりやすくなるように、原文、英訳、書き下し文、現代語訳の順に並べます。表をごらんください。英訳はバートン・ワトソン氏の『The Analects of Coufucius』から取りました。

遠人不服、則脩文徳、以来之、既来之、則安之
If neighboring* people do not submit to your ruler, then enhance your culture and virtue and draw them to you, and once you have drawn them to you, offer them stability.
遠人服せざれば則ち文徳を脩めて、以て之を来たし、既に之を来たせば則ち之を安んず
遠くの国の人が服従しないならば文徳を尽くして、それによって従わせ、従わせたからには、彼らを安心させるのだ

＊「遠人」は、レッグの英訳では「remoter people」。

清の文人邵長衡《しょうちょうこう》（雅号は青門山人、一六三七—一七〇四）の文章作成までの苦しみと、でき上がった後の喜びの行動が書かれています。漱石は、『木屑録』で文人を紹介するとき、字《あざな》や号を使っていますので、ここでも邵長衡と呼ばないで、邵青門と呼んでいます。漱石はこの邵長衡の逸話を好み、随筆「人生」などでも紹介しました。邵長衡と並んでロバート・バーンズの逸話に言及しています。ロバート・バーンズ（一七五九―一七九六）は、スコットランドの詩人で、『蛍の光』や『故郷の空』の原曲の歌詞を作った人として有名です。河のほとりをさすらい、呻いたり、低く歌ったりして、急に大声で高らかと歌い、涙を流してすすり泣いたバーンズの動作を、西洋人は「インスピレーション」と呼んだと、漱石は記しています。

実は、『吾輩は猫である』にも、文章を生み出す苦しみを諷刺した個所があります。なかなか文章ができなくて、筆を舐め、唇が真っ黒になり、画を描き、いたずら書きを描く様子が活写されています。

新たに行《ぎょう》を改めて「さっきから天然居士《てんねんこじ》の事をかこうと考えて居《い》る」と筆を走らせた。筆は夫丈《それだけ》ではたと留ったぎり動かない。主人は筆を持って首を捻《ひね》ったが別段名案もないものと見えて筆の穂を嘗《な》めだした。唇が真黒になったと見て居《い》ると、今度は其下《そのした》へ一寸《ちょいと》丸をかいた。丸の中へ点を二つうって眼をつける。真中へ小鼻の開いた鼻をかいて、真一文字に口を横へ引張った、是《これ》では文章でも俳句でもない。主人も自分で愛想《あいそ》が尽きたと見えて、そこそこに顔を塗り消して仕舞《しま》った。

（『吾輩は猫である』三）

『木屑録』の「呻吟」は、後々に及んでいくようですね。

5　故郷を夢見る［十］

ある夜、一人《ひとり》眠れずにいた。横になって波音を聞いていたら、松風の音と勘違いした。それで、我が家を思い出した。とても寒かったので戸を閉じて読書していたとき、星が空高く見え空気が澄んでいたこと、空《から》っ風《かぜ》がびゅうびゅう吹いて、窓の外の梧桐《あおぎり》や松、楓がさわさわと鳴り響いたことなどである。指折り数えればもう数年経っている。僕はというと、これといって何もしていない、学業も少しも進歩していない。ぶらりと旅に出て、あっという間に年月が経ち、老いが近づいていることも、わかっちゃいない。昔の苦学している人と比べると、恥ずかしくて穴があったら入りたい気分だ。

①南のほう、故郷から約百里の道のり
②海のはて、月は黒く心が暗くなるような愁いが生じた
③波の声は一夜で故郷の夢を欺き
④何となくふるさとの松風の音に似ている

一夕《いっせき》、独り寐《い》ねず。臥《が》して濤声《とうせい》を聞き、誤りて以て松籟《しょうらい》と為《な》せり。因《よ》りて憶《おも》う、家に在《あ》りしの日、天大いに寒く、戸を閉じて書を読む、時に星高く気清く、燥風颼飋《そうふうしゅうしつ》として、窓外の梧竹松楓《ごちくしょうふう》、颯然《さつぜん》として皆《み》な鳴りしを。指を屈《くつ》すれば既に数年なり。而して余碌碌《ろくろく》として状無く、未だ寸毫も学に進むこと有らず。又《ま》た漫《みだ》りに山海の遊を為《な》し、歳月の倏《しゅく》忽《こつ》にして、老いの将《まさ》に至らんとするを知らず。之を当時の苦学に視《くら》ぶれば、豈《あ》に忸怩《じくじ》たらざらんや。

①南のかた家山《かざん》を出《い》でて百里の程《てい》　②海涯月黒《かいがいつき》く　暗愁《あんしゅう》生ず
③濤声《とうせい》　一夜《いちや》　郷夢《きょうむ》を欺《あざむ》き　④漫《みだ》りに作《な》す　故園松籟《こえんしょうらい》の声

一夕独不寐。臥聞濤声、誤以為松籟。因憶在家之日、天大寒、閉戸読書、時星高気清、燥風颼飋、窓外梧竹松楓、颯然皆鳴。屈指既数年矣。而余碌碌無状、未有寸毫進于学。又漫為山海之遊、不知歳月之倏忽、老之将至。視之当時苦学、豈不忸怩哉。

　南出家山百里程、海涯月黒暗愁生。濤声一夜欺郷夢、漫作故園松籟声。

「濤声」は大きな波音、「以為……」は、……と思う、「松籟」は松風の音です。「燥風」は乾燥した風、「颼颼」は物悲しい風の音、「颯然」はひゅうっと風が吹き起こる様子や音を意味します。「碌碌」は『史記』酷吏列伝に「九卿《きゅうけい》（九種の長官）たちは役立たずでその官位をいただいているだけ（九卿碌碌奉其官）」と使われているように、無能の意です。「漫《みだ》りに」は、むやみに、「倏忽」は時間が非常に短いことです。

「老いの将に至らんとす」は、『論語』述而篇に見える語です。孔子は自己のあり方について、「心を奮い立たせ励み食べることを忘れ、励んで得た境地を楽しんで現実の憂いを忘れ、老境に至ろうとしていることも気づかない（発憤忘食、楽以忘憂、不知老之将）」と述べています。「苦学」は、苦労しながら学問に励むことです。日本語では働いて学費を稼ぎながら学校に通うことを「苦学する」といいますが、もとの漢語「苦学」は経済的な苦労に限った言葉ではありません。漱石は、たいして勉強もせず、旅に出ている自分を、苦学の人と比べて恥ずかしいといっています。「当時の苦学」とは、「老境に至ろうとしていることも気づかない」といった孔子のことかもしれませんし、だれと限定することなく、昔の苦学していた人と解していいのかもしれません。宋の蘇軾（号は東坡、一〇三七―一一〇一）に「袁遺（号は伯業）のような学者がいたが、苦学して老いぼれてしまった（有如袁伯業、苦学到衰老）」（「叔通、元弼、坦夫の三人と別れを告げる（留別叔通元弼坦夫）」詩）という詩句があります。子規は「文人本来の性質（文人本色）」とコメントしています。伝統的な文人ならば当然こんな風にいうにちがいないということでしょう。

①句は故郷から房州まで約百里を来たことをいい、②句は海の果てであるこの地の物寂しさを詠います。「月黒」は、月が欠けていて光がほの暗いことを示します。新月が満ちていくまでの十五日間の月を「白月」、満月から欠けて新月に至るまでの十五日間の月を「黒月」というのに基づきます。

「暗愁」は、そこはかとなく生じる物思い。故小島憲之氏の『ことばの重み　鷗外の謎を解く漢語』に「中国人ならぬわが明治びとの好んだ詩語。やがてそれは小説の用語としても明治・大正と生き続ける」という興味深い指摘があります。

③句・④句は、波の音が夢うつつのうちに故郷の松風の音だと錯覚して聞こえたことを詠じています。地の文の「臥《が》して濤声《とうせい》を聞き、誤りて以て松籟《しょうらい》と為《な》せり」を漢詩で表現したということです。

『硝子戸の中』に、自分がかつて住んでいた早稲田の家を見に行く話が出てきます。家は下宿屋になり、そばには質屋もできていました。その質屋の庭の三本の松を見て、「昔《むか》し「影参《かげしん》差《し》松三本の月夜かな」と咏《うた》ったのは、或《あるい》は此松《このまつ》の事《こと》ではなかったろうか」（『硝子戸の中』［二十三二）と、漱石は考えます。「故園の松籟」とはこのことでしょうか。

6　旅先に届いたのは恋文か［十二］

旅館で正岡君からの手紙をもらった。手紙では、僕を呼んで「ご主人様」とふざけていい、自分のことを「あたし」と呼んでいる。「正岡の冗談もここまで来たか」と思わず笑ってしまった。すぐさま詩を作り、返事とした。

①潮の気が顔を刺して、黄色くなろうしている
②醜い顔を鏡で見ると悲しくなる
③馬齢を重ね、現在二十三歳
④始めて美人に「我が君」と呼ばれた

昔、蘇軾が篔簹竹《うんとうちく》の詩を作って、文同に贈った。その詩に「清貧で食いしん坊の長官は、渭水《いすい》の河岸の広大な土地の豊富な収穫物も我が物にするんでしょう」と詠じた。（その手紙が届いたとき）文同は妻と筍を焼いて晩ご飯を食べていた。箱を開けて詩を読むと、思わず笑ってご飯をテーブルの上にぷっと吹き出した。今、正岡君は二十歳にもならず、妻

もいない。その上、夏の日に、筍を食べるなどあり得ない。けれども、ご飯をぷっと吹き出してテーブルに撒き散らすのは、文同と同じではないか。

客舎に正岡獺祭《だっさい》の書を得たり。書中戯れに余を呼びて郎君と曰い、自ら妾と称す。余失笑して曰く、「獺祭の諧謔《かいぎゃく》一《いっ》に何ぞ此《ここ》に至れるや」と。輒《すなわ》ち詩を作りて之《これ》に酬いて曰く、

①鹹気顔を射て　顔黄ならんと欲す　②醜容《しゅうよう》鏡に対《たい》すれば悲傷し易《やす》し
③馬齢《ばれい》今日　廿三歳《にじゅうさんさい》　④始めて佳人《かじん》に我《わ》が郎《ろう》と呼ばる

昔者《むかし》、東坡篔簹竹《とうばうんとうちく》の詩を作り、文与可《ぶんよか》に贈る。曰く「料《はか》り得たり清貧の饞太守《さんたいしゅ》、渭浜《いひん》の千畝胸中《せんぼきょうちゅう》に在《あ》らん」と。与可《よか》、其《そ》の妻と、筍《たけのこ》を焼きて晩食《ばんしょく》す。函を発《ひら》き詩を得て、失笑して噴飯案《ふんぱんつくえ》に満てり。今、獺祭《だっさい》、弱冠《じゃっかん》に過ぎず、未《いま》だ室《しつ》を迎えず、且《か》つ夏日《かじつ》に筍を得《う》るの理《ことわり》無し。然《しか》れども詩を得《う》るの日、噴飯案《ふんぱんつくえ》に満つること、与可《よか》と同じこと無《な》からんや。

客舎得正岡獺祭之書。書中戯呼余曰郎君、自称妾。余失笑曰、獺祭諧謔一何至此也。輒作詩酬之曰、

鹹気射顔顔欲黄。醜容対鏡易悲傷。馬齢今日廿三歳。始被佳人呼我郎。

昔者東坡作篔簹竹詩、贈文与可。曰、料得清貧饞太守、渭浜千畝在胸中。与可与其妻、焼筍晩食。

発函得詩、失笑噴飯満案。今獺祭不過弱冠、未迎室、且夏日無得筍之理。然得詩之日、無噴飯満案、与与可同耶。

「正岡獺祭」は、正岡子規のこと、「獺祭」は子規の雅号です。「郎君」は女性が男性を親しく呼ぶ言い方、「妾」は女性の自称です。「輒ち」はここでは、すぐに、「馬齢」は年齢の卑称で、「佳人」は美女のことです。

「被」は受身を作る助動詞です。「被告」、「被害」という熟語の「被」も、実は同じ用法です。語構成は次のようになります。

被＋（人）＋動詞

「被＋動詞」で使う場合が多いですが、漱石は「被＋（人）＋動詞」の形で使っています。書き下し文では「被」は「る」・「らる」と読みますので、動詞は未然形に活用します。「る」「らる」への接続の違いは表を見てください。

「a＋る」は覚え方です。例えば四段動詞「書く」ならば「書かる（kakaru）」となります。

る	a＋る	四段・ナ変・ラ変の未然形につく
らる	「a」以外	下一段・下二段・カ変・サ変の未然形につく

ラ変動詞「有り」ならば「有らる（araru）」のように、「る」の直前の動詞の母音が「あ」になるという意味です。「被＋人＋動詞」は現代中国語でも使う表現です。『ハリー・ポッターと賢者の石』を蘇農氏が訳した中国語版『哈利・波特与魔法石』（人民文学出版社）の冒頭でも使われていました。次にもとの英語、中国語訳（原文はもとは簡体字表記。引用に当たって字体を変えました）、松岡佑子氏の日本語訳の順で挙げますので、比べてみてください。

The Dursleys had everything they wanted, but they also had a secret, and their greatest fear was that somebody would discover it.
徳思礼一家甚麼都不缺、但他們擁有一個秘密、他們最害怕的就是這秘密會被人發現。
そんな絵に描いたように満ち足りたダーズリー家にも、たった一つ秘密があった。なにより怖いのは、誰かにその秘密を嗅ぎつけられることだった。

「會被人發現」のところに注目してください。この現代中国語は「人に発見されるにちがいない」という意味なのです。脱線ばかりしてますね。『木屑録』にもどって、先に進みましょう。「昔者」は「昔」の意味、「時間表現＋者」の「者」は訓読したり、訳出したりしません。

さて、この後、蘇軾と文同の逸話に言い及びます。逸話を知らないと文章の内容を理解するのは簡単ではありません。

蘇軾（号は東坡）は宋代の詩人で、文同（字は与可、一〇一八—一〇七九）は墨竹の画がとても有名な画家です。二人は、いとこ同士で、とても親しい間柄でした。「篔簹竹」は節と節の間が長くて太い竹で、蘇軾には「文同が作った「洋《よう》川の園池」詩に唱和する三十首（和文与可洋川園池三十首）」という三十首に及ぶ連作詩があり、その第二十四首「篔簹谷」（七言絶句）の③句と④句が「清貧で食いしん坊の長官は、渭水の河岸の広大な土地の豊富な収穫物も我が物にするんでしょう（料得清貧饞太守、渭浜千畝在胸中）」です。「料得」は二句全体にかかって、たぶん……だろう、という意、「饞太守」は食いしん坊の太守（地方長官）、「渭浜」は渭水という川のほとり、「千畝」は広大な面積を指します。「渭川千畝の竹」という語が『史記』貨殖列伝に見え、渭水のほとりには竹の産地があることで知られていました。文同の洋川の篔簹谷の竹を、「渭川千畝の竹」に見立て、竹林から採れる豊富な筍は、食いしん坊の文同の胸の中、もっといえば腹の中にあるのだろうと詠じています。

「与可与其妻……」以下は、蘇軾の「文同が描いた篔簹谷の偃《えん》竹の記（文与可画篔簹谷偃竹記）」に基づく、文同と妻の逸話です。蘇軾からもらった手紙の中にさきほどの「篔簹谷」の絶句が書かれていて、文同は思わずおかしくてご飯を吹きだしてしまうのです。ちょうど夫婦が食べていたのが焼き筍だったというところがミソですね。「与可、其の妻と」は読みづらいですが、原文は「与可与其妻」、「其」の直前の「与」が「と」に当たります。

文与可や筍《たけのこ》を食《く》ひ竹を画く

（明治三十年〔一八九七〕五月二十八日「正岡子規へ送りたる句稿その二十五」）

漱石が子規に送った句の中の一つです。房州旅行での子規との漢詩の往還を、漱石は覚えていたのかもしれません。

「ばかか、あいつは」

漱石はそんな風に思いながら、喜んだことでしょう。正岡は自分のことを「妾」といい、漱石を恋人か夫であるかのように「郎君」と呼びかけました。それに応じて、漱石は「佳人」という語を相手に使っています。言葉の遊びを楽しんでいることから、正岡子規と夏目漱石の仲のよさがよくわかりますね。房総旅行の後も、「朗君より（漱石）」「妾へ（子規）」の手紙が出されています（明治二十三年〔一八九〇〕九月二十七日付）。

子規は、「潮の気が顔を刺して黄色くなろうとしている（鹹気射顔顔欲黄）」ではじまる漱石の絶句について、「内容は面白おかしいが、詩のスタイルは中国風で、漱石君はこの境地を我が物として、僕が立ち入る隙もない（意則諧謔、詩則唐調、吾兄独擅此境、不許吾輩窺門戸窺）」といっています。子規が女性に扮してとぼけて見せたのに対して、漱石はきっちり突っ込みを入れたってことでしょう。

第2節で、女性を意識していた漱石のことを述べました。子規は「海辺の旅館に漱石がいるから恋の一つもしてるんじゃないの」と想像しながら、「ワタシという妻がありながら……」という気分で、「妾」と書いて寄越したのかもしれません。

ビーチは恋愛の舞台です。

このイメージが明治期に広く普及していくきっかけとなるベストセラーがあります。尾崎紅葉の『金色夜叉』（明治三十年〔一八九七〕新聞連載開始、未完）と徳富蘆花の『不如帰《ほととぎす》』（明治三十一年〔一八九八〕～明治三十二年〔一八九九〕新聞連載）です。これらの二つの作品は、お芝居、映画、テレビドラマ……とメディアを超えて再生産されていきました。

可《い》いか宮《みい》さん、一月の十七日だ。来年の今月今夜になったらば、僕の涙《なみだ》で必《かなら》ず月は曇《くも》らして見せるから、月が……月が……月が……曇《くも》ったらば、宮《みい》さん、貫一は何処《どこ》かでお前《まえ》を恨んで、今夜のように泣いて居《い》ると思ってくれ。

（『金色夜叉』前編、春陽堂）

このセリフをよくご存知の方もいらっしゃると思います。『金色夜叉』の主人公間《はざま》貫一のセリフです。貫一には幼馴染のお宮（鴫沢宮《しぎさわみや》）がいましたが、お宮は金貸しの富山と結婚してしまいます。裏切られ、絶望した貫一は、自分も金貸しとなって、世間への復讐を試みていきます。この作品で最も有名なのは、熱海の海岸で、貫一はお宮に自分の思いを告白し、富山との結婚の意思を変えないお宮を恨み、足蹴《あしげ》にするという場面です。男が女を蹴り上げるという激しい行動と共に、貫一の切なく高揚したセリフが印象的で、『金色夜叉』といえば、熱海の海岸での別れが想起されるようになりました。

もう一つの作品『不如帰』は、特に女性に人気のあった作品です。海軍少尉川島武男の新妻浪子は、姑のお慶の嫁いびりに苦しめられますが、浪子は愛する武男の写真にキスして「早く帰って頂戴《ちょうだい》な」とささやき、姑の仕打ちに耐えるのでした。しかし、肺結核にかかった浪子は、お慶によって実家の片岡家に帰されてしまいます。お慶から「お家のため……」と言われた武男は、別離を受け入れ、浪子は失意のうちに死んでしまいます。逗子《ずし》海岸で療養中の浪子を、武男が見舞う場面があります。海岸を二人で静かに散歩している時、浪子は涙に曇りつつ微笑んで、「癒《なお》りますわ、屹度《きっと》癒りますわ、――あゝ、人間は何故《なぜ》死ぬのでしょう！　生きたいわ！　千年も万年も生きたいわ！　死ぬなら二人《ふたり》で！　ねエ、二人で！」といい、武男は「浪さんが亡《な》くなれば、僕も生きちゃ居《お》らん！」（『不如帰』、民友社）と応じます。

『金色夜叉』は男、男、女の三角関係の物語、『不如帰』は、男、女、女の三角関係の物語といえるかもしれません。瀬崎圭二氏は『海辺の恋と日本人』でこの二作品を分析されると共に、漱石作品にも論及していらっしゃいます。例えば、漱石は次のような一節を小説に書き込んでいます。

僕は自分と書き出して自分と裂《さ》き棄《す》てた様の此《この》小説の続《つづ》きを色々に想像した。其所《そこ》には海があり、月《つき》があり、磯があった。若い男の影と若い女の影があった。始めは男が激して女が泣いた。後《あと》では女が激して男が宥《なだ》めた。終《つい》には二人《ふたり》手を引き合《あ》つて、音《おと》のしない砂《すな》の

上《うえ》を歩《ある》いた。（『彼岸過迄』、「須永の話」〔二十五〕）

「僕」とは主人公の須永のことで、須永と高木と千代子は三角関係にあります。鎌倉の避暑地でこの三人は遭遇しますが、須永は一足先に帰京し、その汽車の中で、「此の小説の続き」を想像するのです。瀬崎圭三氏は、「海辺での三角関係は、「劇」や「小説」「芝居に似た光景」といった認識の枠組みのなかで須永に捉えられているが、同時にこのことは、男女の恋愛の場としての海辺のイメージやその場をめぐる物語に対する須永の距離をも表している」（『海辺の恋と日本人』、八九頁）と指摘しています。漱石は、『草枕』の中で漢詩の効能（文中では「功徳」という言葉を使っています）のすばらしさは、「『不如帰』や『金色夜叉』の功徳ではない」（『草枕』〔一〕）と指摘し、二つのベストセラーの名前を併記しました。ベストセラー化した海辺を舞台にした恋愛物語に対して、漱石は自分の主人公を、それらの作品の枠外に位置づ

『明暗』の新聞連載の挿絵（1916年6月27日）
波と盆栽の松は，婚礼で謡われる能「高砂」のイメージ。

けようとしたのかもしれません。

ただし、漱石が『木屑録』を書き、子規がそれにコメントを記していた二人の学生時代、『金色夜叉』も『不如帰』も生まれていません。漱石、子規、尾崎紅葉、徳富蘆花が同世代であることは示唆的です。

7　鋸山の山頂〔十九〕・〔二十〕

お昼に、鋸山の山頂に達して休憩した。連なる山々は青々として、先ほどは雲に半分隠れていたと思った山も、今ではすべて足の下にある。そのため、くねくねとした起伏も、はっきりと見ることができる。僕は房州に来てから、朝晩、鋸山を眺めてきたが、このように高く険しいとは知らなかった。一緒に出かけた川関君は豊前《ぶぜん》の出身である。「耶馬渓の広さは数十里あり、渓谷の奇岩は、鋸山よりもずっとすばらしい。しかし羅漢の眺めは鋸山に及ばないだろう」と僕に話してくれた。僕は、鋸山が周りの山々から遙かに抜きん出ている様子を壮観だと思ったし、さらに、羅漢の奇観を見て、（そのすばらしさの一方で）古寺が荒廃したまま手が付けられず、割れた礎石や遺《のこ》った柱が、人けがなく冷たい雨にさらされていることを悲しく思い、詩を作った。
①鋸山はノコギリのようで、碧《みどり》の峰々がそそりたっている
②寺院の伽藍《がらん》は山に寄り添うように奥まった場所にある
③山の僧は日が高くなってもまだ起きてこない
④地上の落ち葉は掃われず、空には白い雲がもくもく湧いている
⑤私は北の都からやって来た旅人
⑥山に登ったこの日、ありし日を懐かしんだ
⑦ああ一千五百年の時がすぎた
⑧十二の僧院ははかなく消えて、あとかたもない
⑨古い御仏たちだけがあちらの岩にもこちらの岩にも座っていらっしゃる
⑩雨に蝕《むしば》まれて苔が生え、桑畑が青い海になるように世の中は大きく変化していく
⑪御仏たちはこの世の栄枯盛衰をあざ笑うかのように
⑫冷ややかなまなざしで太平洋を見下ろしていらっしゃる
午時、山の巓《いただき》に達して憩《いこ》う。群山莽蒼《ぐんざんもうそう》として、先に雲半に在りと以為《おも》いし者も、今は皆《み》

な脚底《きゃくてい》に在り。故に其の蜿蜒《えんえん》起伏の状、晰然《せきぜん》として観るべし。余、房洲《ぼうしゅう》に遊びしより、日夕鋸山《にっせききょざん》を望見すれども、未《いま》だ其の高峻《こうしゅん》此《か》くのごとくなるを知らざるなり。同遊の士川《かわ》関某《ぜきぼう》は、豊人《ほうひと》なり。余《よ》の為《ため》に語りて曰く「耶馬渓《やばけい》は広袤《こうぼう》数十里、岩壑《がんがく》の奇は固《もと》より此《こ》れに止《とど》まらず。而《しか》るに羅漢《らかん》の勝《しょう》は遂に及ぶ能わず」と。余、鋸山《きょざん》の勝《しょう》の、迥《はる》かに群山に異なれるを壮とし、又た羅漢《らかん》の奇《き》を観《み》て、古寺癈頽《はいたい》して脩《おさ》められず、断礎《だんそ》遺柱《いちゅう》空《むな》しく荒烟《こうえん》冷雨の中に埋没せるを悲しむなり。慨然《がいぜん》として之《これ》が為《ため》に記す。

①鋸山《きょざん》　鋸《のこぎり》のごとく碧崔嵬《みどりさいかい》たり　②上に伽藍《がらん》の曲隅《きょくぐう》に倚《よ》れる有り
③山僧　日高くして　猶お未だ起きず　④落葉《らくよう》掃《はら》わず　白雲　堆《うずたか》し
⑤吾《われ》は是《こ》れ北より来《き》たりし帝京の客　⑥登臨《とうりん》せるの此《こ》の日《ひ》　往昔《おうせき》を懐《おも》う
⑦咨嗟《しさ》す　一千五百年　⑧十二僧院空《むな》しく迹無《あとな》し
⑨只《た》だ古仏の磅礴《ぼうとう》に坐せる有り　⑩雨蝕《むしば》み苔蒸《む》して　桑滄《そうそう》を閲《けみ》す
⑪浮世栄枯の事を嗤《わら》うに似《に》て　⑫冷眼　下《くだ》し瞰《み》る　太平洋

午時達山巓憩。群山莽蒼、先以為在雲半者、今皆在脚底。故其蜿蜒起伏之状、晰然可観。余自遊于房洲、日夕望見鋸山、而未知其高峻如此也。同遊之士川関某、豊人也。為余語曰、耶馬渓広袤数十里、岩壑之奇、固不止于此。而羅漢之勝、遂不能及焉。余壮鋸山之勝、迥異群山、又観羅漢之奇、而悲古寺癈頽不脩、断礎遺柱、空埋没於荒烟冷雨中也。慨然為之記。

鋸山如鋸碧崔嵬、上有伽藍倚曲隅。山僧日高猶未起、落葉不掃白雲堆。吾是北来帝京客、登臨此日懐往昔。咨嗟一千五百年、十二僧院空無迹。只有古仏坐磅礴、雨蝕苔蒸閲桑滄。似嗤浮世栄枯事、冷眼下瞰太平洋

鋸山登山のことを、漱石は登り始めから順に書いていますが、本節は頂上を極めたところを選び出しました。一合目からコツコツ登らず、ロープウェイで山頂にあがってしまうみたいなものです。そのため、状況がわかりにくいかもしれません。主に一海知義校注本や『夏目漱石の房総旅行』などをもとに、鋸山のこと、途中の羅漢像のことなど説明し、漱石の山頂までの道すじと風景をたどっておきましょう。

鋸山は標高約三百三十メートル、山頂がノコギリの歯のようにギザギザに見えるのでその名があります。中腹に日本寺という、行基を開祖とする寺院があります。安永年間（一七七二―一七八二）に石工大野甚五郎が、愚伝《ぐでん》という山僧に命じられて五百羅漢や百羅漢などの石仏を刻み、安置したことから、羅漢の寺として有名になりました。

漱石が日本寺を訪れたときは、廃仏毀釈の後で山門の扉は落書きだらけ、廃墟同然になって

いました。寺の伽藍を抜け、険しい山道を登っていった漱石は、羅漢像を目にして心が動かされます。長い間に風化して磨滅している石仏もあれば、心ない人の手で破壊され、頭や手足が失われている石仏もありましたが、どれをとっても同じものがない石仏に、漱石は石工の配慮を察するのです。さらに、漱石が感激したのは羅漢像の配置です。二百体あまり並んでいるかこれで終わりかと思うと、裏に回れば百体あまり並んでいたり、岩の上に数十体置かれていたり、洞窟の中に羅漢がぎっしりと並んでいたりしたのです。そして、そういう景色を見ながら、正午、山頂にたどり着いたというわけなのです。

「群山莽蒼」の「莽蒼」は遠くがぼんやりとしか見えないような広々とした景色や、青々とした野原の景色という意味があります。訳は、柳宗元の遊記を例示した一海知義校注本に従っています。後に、子規が、『木屑録』が柳宗元の遊記を意識していると指摘しているためです。「蜿蜒」は畳韻の語、蛇や龍が身をくねらせて這う様子を言いますが、うねうねと長く続くさまをも表します。「斷然」は明らかなさまを指します。なお、「先に雲半に在りと……斷然として観るべし」には、子規が「「以為」「皆」「故其」のいくつかの文字は文の勢を殺ぐようだ。割愛してはどうか（以為皆故其数字、似殺文勢。割愛如何）」とコメントしています。

「豊」は豊前《ぶぜん》・豊後《ぶんご》の国を指します。豊前（福岡県東部と大分県北部）か豊後（ほぼ大分県）か特定する語ではないのですが、川関の出身地（豊前仲津〔福岡県行岡市〕、『漱石の夏休み』に基づきます）から豊前としました。川関は、耶馬渓と鋸山の風景を比べ、渓谷美は耶馬渓が、羅漢の美は鋸山がすばらしいと、漱石に語っています。耶馬渓は今の大分県北西部に位置する山国川の峡谷です。溶岩が浸食されてできた奇岩怪石の美しさと、渓流の雄大な風景で知られ、江戸後期の文人頼山陽（一七八〇―一八三二）が命名したことで一躍有名になりました。耶馬渓の中心的な景勝地は、青の同門、羅漢寺から柿坂あたりまでの一帯です。鋸山の羅漢を耶馬渓の羅漢と比べるのは耶馬渓が渓谷美で大変知られた名所でしかも、羅漢の寺があるためです。

「慨然」は胸がいっぱいになって「はあ」と嘆くさまをいいます。

漢詩は十二行ある七言古詩で、鋸山のそそり立つさまから詠じはじめ、日本寺のにぎやかだった昔に思いを馳せ、現在の苔むした古寺の姿と忘れられた古仏たちを詠じています。

①句・②句は、鋸山の形態と、鋸山での日本寺の位置を詠じます。「崔嵬」は畳韻の語で、そそりたつさまを指します。③句・④句は、太陽が高く昇っても山の僧は誰も起きて来ないで、落ち葉は掃われず、ただこんもり盛り上がっているのは白い雲だけだと詠じます。③句は白居易の有名な詩句「日が高く睡眠が足りているのに起きるのが懶い（日高眠足猶起慵）」を踏まえています。この「日高……」の句は、「香炉峰の雪は簾をはねあげてみる（香炉峰雪撥簾看）」

で有名な「また一首（重題）」詩の冒頭の一句です。子規はこの二句に「「掃わず」は「地に満つ」としてはどうか（不掃作満地如何）」とコメントを付けましたが、漱石はどう思ったでしょう。⑤句・⑥句で鋸山に登って鋸山の昔を回顧することをいい、後半に繋げます。⑦句・⑧句は、歴史を振り返り、すでに僧院が跡形もないことを詠歎します。行基の創建は神亀二年（七二五）ですので「一千五百年」は概数です。僧院が十二というのは、『木屑録』本文に見えます。「咨嗟」は「ああ」、誉めるときにも嘆くときにも発しますが、ここは後者です。⑨句〜⑫句は古仏について詠じています。⑨句・⑩句は古仏のいらっしゃる場所とその栄枯盛衰、⑪句・⑫句は、古仏の気持ちを推察です。「磅礴」は畳韻の語で、広くはびこるさま、「苔蒸して」は、苔が生《む》すで、苔が生えることを意味します。「苔蒸して」は日本語的な表現で、母語の干渉が起こっているということができます。母語の干渉は、第二章第9節ですでに指摘しましたのでごらんください。「桑滄」は「桑田変じて海となる」（「桑田滄海」、「桑滄の変」または「滄海変じて桑田となる」ということもあります）です。桑畑だったところが青々とした海に変わってしまうように、世の中の移り変わりの激しいことをいいます。『漢英双解成語詞典』（商務印書館国際有限公司）は「滄海桑田」で載せています。英訳と、英語の詳注は次の表のように書かれていました。あわせて参照してください。

滄海桑田
The world is always in a state of flux. / seas change into mulberry fields and mulberry fields into seas / great changes of circumstances and place / Time brings great changes to the world. / The sea has changed into a mulberry orchard. / The world is changing all the time. / many changes in human affairs
滄海, the vast sea; 桑田, farmland. (Lit) the vast sea has changes into farmland and farmland into the vast sea. (Met) great changes of worldly affairs.

なお、子規はこの詩を大変誉めています。⑤句の「登臨」から最後の句の終わりまでに傍点や圏点をつけて、「君の作った詩は特別に気を配っていないようなのに、形式が精緻で、曲調が高い。天賦の才だ（吾兄作詩如不用意者、而形状極精曲調極高真。天稟之才）」とコメントを記しました。

8　保田の南の海［二十七］

巨岩の後ろには、さらに大きな岩もあった。岩はつなぎ合わされたようで、しかも上下に起伏して数十歩《すうじゅうぽ》（数十メートル）ほど続いている。僕は石を踏みつけ、海水をのぞきこんだ。そのとき、空は晴れ、風は凪《な》ぎ、海藻はゆらゆらとして、藍色や碧色の波が寄せては返していた。魚たちがその間を泳いでいたが、色鮮やかな鱗や赤い尾の魚が、いなくなったかと思うとまた現われる。水の底には貝のついた石が並び、手を伸ばせば届きそうに見えた。竿先を逆《さか》さまにして深さを測ると、竿が水没して、手に水が触れるのだが、海底に届かなかった。思うに、海水が澄んでいて、日の光が透過して屈折し、そのために水底の物がふわふわと近くにあるかのように見えるのに、実際には数尋《すうひろ》（何メートル）も下にあるということだろう。

巨岩の後に、又《ま》た一大石有り。之を弥縫《びほう》して、起伏すること数十歩。余《よ》、石を踏《ふ》み水に臨む。時に天晴れて風は死し、菜藻毿毿然《さいそうさんさんぜん》として、藍《あい》を揺《ゆ》らし碧《みどり》を曳《ひ》く。游魚《ゆうぎょ》其《そ》の間《かん》を行くに、錦鱗赬尾《きんりんていび》、忽《たちま》ち去《さ》り忽《たちま》ち来《きた》る。水底に螺石布列《らせきふれつ》し、捫《と》って観《み》るべきがごとし。竿《さお》を倒《さかしま》にして其の深さを測れば則《すなわ》ち竿を没し、水《みず》、手《て》に触るるに至るも、而《しか》も達する能わざるなり。蓋《けだ》し潮水澄清《ちょうすいちょうせい》にして、日光透下《にっこうとうか》して屈曲《くっきょく》し、故《ゆえ》に水底《みなそこ》の物《もの》、浮浮焉《ふふえん》として近きに在るがごとくなるに、其《そ》の実《じつ》は数尋《すうじん》の下に在るなり。

巨岩之後、又有一大石。弥縫之、起伏数十歩。余躡石臨水。時天晴風死、菜藻毿毿然、揺藍曳碧。游魚行其間、錦鱗赬尾、忽去忽来。水底螺石布列。如可捫而観焉。倒竿而測其深、則至没竿水触手、而不能達也。蓋潮水澄清、日光透下而屈曲、故水底物、浮浮焉如在近、而其実在数尋之下矣。

保田《ほた》近辺の海の透明度の高さが、海藻、泳ぐ魚、海底の石など具体的な記述から浮かび上がって来る一節です。「弥縫」はほころびをすみずみまで縫い繕うこと、「歩」は長さの単位で、日本では六尺（一・八メートル）を表します。「毿毿」は髪の毛の長いさま、散り乱れるさまで、「然」は形容詞や副詞に付く接尾語です。後で出て来る「浮浮焉」の「焉」も同じ働きの接尾語です。「錦鱗赬尾」は錦の鱗と赤い尻尾のことで、珍しい魚を指しています。「螺石」は貝、「布列」は並んでいることをいいます。「捫」はつまむ、の意です。「屈曲」は屈折のこと、「浮浮焉」はふわふわと浮き上がるさま、「数尋」の「尋《ひろ》」は先ほどの「歩」と同じく長さの単位です。明治以降は六尺（一・八メートル）を表し、水深などを測るのに使います。

この一節の「時に天晴れて……達する能わざるなり」まで、子規は傍点をつけて、「漱石君、きみは自分を柳宗元になぞらえている、僕は批判しないでいられようか、ハッハ（吾兄自以比柳州。我豈得不批耶。呵々）」とコメントを述べています。柳州は、柳宗元のことで、柳州（広西省）に左遷されたので、そう呼びます。自然美を描いた山水遊記は、柳宗元の文学を代表する作品として有名です。子規のいう通り、漱石は柳宗元から多くを学んだと思います。

水の透明度が高いために魚が泳いでいる様子がよく見えるというのは、柳宗元の山水遊記にも見出すことができます。例えば、「下《くだ》って行くと小さな淵を見つけた。水は極めて清く澄んでいた。水底はまるまる一つの石で、淵の中には魚が百匹ばかり、まるで空中を泳いでいるように、ゆらゆら動いていた。（下見小潭。水尤清冽。全石以為底、潭中魚可百許頭、皆若空游無所依。）」（「小丘の西にある小石潭に至る記（至小丘西小石潭記）」）という一節があります。また、日光が水底を照らすというのも、先ほどの柳宗元の文章の続きに記されています。

太陽の光が水底を照らすと、魚の影が石の上に広がった。のんびりと静止して動かなかったり、突然遠くへ泳いでいってしまったり、すばやく行ったり来たりして、影は、泳いでいる魚と一緒に楽しんでいるかのようだった（日光下澈、影布石上。怡然不動、俶爾遠逝、往来翕忽、似与游者相楽）。

（『柳河東集』巻二十九、「至小丘西小石潭記」）

この個所の、太陽が海底を照らすというのは第三章第1節のクイズ問題（二）の①に似ています。なお、子規は「呵々《かか》」と笑って構文や語彙に注文を付け、ある一節には「削除してはどうか」などと提案しています。本書では具体的に指摘しませんので、一海知義校注本五五〇頁を参照ください。

房州の保田は、よく知られているように『こころ』の舞台となった場所の一つです。『こころ』には、『木屑録』のこの一節を想起させる海の描写があります。

Kと私は能《よ》く海岸の岩の上に坐《すわ》って、遠い海の色や、近い水の底を眺《なが》めました。岩の上から見下《みおろ》す水は、又《また》特別に綺麗《きれい》なものでした。赤い色だの藍《あい》の色だの、普通市場《しじょう》に上《のぼ》らないような色をした小魚《こうお》が、透き通る波の中をあちらこちらと泳いでいるのが鮮やかに指《ゆび》さされました。

（『こころ』下「先生と遺書」［二十八］）

澄み切った海の水、透き通る波間に泳ぐ小魚は、『木屑録』の描写を思わせますね。その遠景には、柳宗元の山水遊記がうっすらと見える気がします。ちなみに、鋸南町勝山《きょなんまちかつやま》の巨岩に沿

『こころ』の新聞連載の題字カット（1914年6月18日～7月21日）。「下「先生と遺書」」［一］から［三十四］に当たる連載回で使用。

う淵を、土地の人は「青ん淵」というそうです（関宏夫『漱石の夏休み帳』二〇二頁）。

9　小湊、鯛の浦〔三十〕・〔三十一〕

（一）　船を雇う

誕生寺は、安房の小湊《こみなと》にある。日蓮宗の開祖日蓮はこの地で生まれた。後世の人が、その家の址《あと》に寺院を建てた。そのために誕生寺というのである。寺は山を背にし、海に面している。波が打ち寄せられ、水が集まると渦を巻いて流れる。いわゆる鯛の浦というのがこれである。僕は、東京で、鯛の浦の奇観についてよく耳にした。そこで、舟を雇って沖に出たら、海岸から数町（何百メートル）のあたりで、ごつごつした大きな岩礁が現われた。はるかかなたから、うねうねと曲がりくねって寄せて来た波は、岩礁にぶつかって激しく怒り、これをつかみ去ろうとするが、できない。そこで、躍り上がって、岩礁を乗り越え、白い波しぶきを上げると、碧色の波と照り映えて、きらきらと光った。岩礁の上に鳥がいた。赤いとさかで、青黒い足をしているが、鳥の名はわからない。波が迫って来ると、羽《は》ばたいて岩を離れ、低く旋回し、波が引くのを待って、岩礁にもどる。僕は友人たちと共に、すごい、すごいと叫び続けた。

誕生寺《たんじょうじ》は、房《ぼう》の小湊に在り。北華《ほっか》の宗祖日蓮《しゅうそにちれん》、此《ここ》に生まる。後人《こうじん》、仏刹《ぶっさつ》を其の廬《いおり》の址《あと》に建てり。故《ゆえ》に名づけて誕生寺と曰《い》う。寺は山を負《お》い海に面す。潮水涾沱《とうだ》、匯《せ》かれて復《ま》た洑《なが》る。所謂鯛《いわゆるたい》の浦是《うらこ》れなり。余《よ》、京に在りて鯛《たい》の浦《うら》の奇《き》を聞くこと熟《じゅく》せり。乃《すなわ》ち舟《ふね》を賃《やと》いて発し、岸《きし》を距《へだ》つること数町《すうちょう》にして、一大危礁《いちだいきしょう》有りて舟に当《あ》たる。濤勢《とうせい》の蜿蜒《えんえん》として、延長して来《きた》れる者、磯《いそ》に遭《あ》い激怒して、之《これ》を攫《つか》み去《さ》らんと欲して能わず。乃ち躍《おど》りて之《これ》を超《こ》え、白沫噴起《はくまつふんき》し、碧濤《へきとう》と相映《あいえい》じ、陸離《りくり》として彩《さい》を為《な》せり。礁《しょう》の上に鳥有り。赤冠《せきかん》にして蒼脛《そうけい》、其の名を知らず。濤来《なみきた》れば一搏《いったん》して起ち、低飛回翔《ていひかいしょう》し、濤《なみ》の退《しりぞ》くを待ちて、礁上に復《かえ》る。余、諸子《しょし》と与《とも》に奇と呼《さけ》びて歇《や》まず。

誕生寺、在房之小湊。北華宗祖日蓮、生于此。後人建仏刹於其廬址。故名曰誕生寺。寺負山面海。潮水涾沱、匯而復洑。所謂鯛浦是也。余在京聞鯛浦之奇熟矣。乃賃舟而発、距岸数町、有一大危礁当舟。濤勢蜿蜒、延長而来者、遭礁激怒、欲攫去之而不能。乃躍而超之、白沫噴起、与碧濤相映、陸離為彩。礁上有鳥。赤冠蒼脛、不知其名。濤来一搏而起、低飛回翔、待濤退、復于礁上。余与諸子呼奇不歇。

誕生寺の由来と、船を雇って鯛の浦へ行き魚や鳥を見たことが述べられています。「北華」は法華宗のことで、日蓮宗の別称、「仏刹」は寺院の意です。「渻滮」は波が重なり寄せるさま、「匯」は流れが一つに集まってくること、「洑」は渦を巻いて流れることです。「町」は距離の単位、一町は約百十メートルに当たります。「危礁」は、崩れそうなごつごつした岩礁、「攫」は爪でつかむこと、「陸離」は双声の語でキラキラと光るさまを意味します。

ここの波の描写について、子規は、「波を詳細に述べて、紙上で波瀾を見るようだ。漢文では英語の所謂《いわゆる》 **personification**（擬人法）というのを今までに見たことがない。君はこれを横文字の本から学び取ったのである。（叙波濤詳細、紙上見波瀾。東洋文字未曾見此類英語所謂 **personification** 者。吾兄得之于蟹行之書）」とコメントしています。ここで注目したいのは、擬人法（**personification**）という修辞概念を使って、漢文の修辞の説明を加えようとしている点です。現在は、漢文でも「ここは擬人法を使っている」などと説明します。子規の擬人法発見のコメントに、西洋の概念との出会いの喜びを汲み取りたいと思います。

「赤冠」はトサカ、「蒼脛」は青黒い足、岩礁の鳥についての描写です。柳宗元の山水遊記には、「赤い頭で黒い翼の鳥がいて、その大きさは鵠《くぐい》のようだった（有鳥赤首烏翼、大如鵠）」

（「游黄渓記」）と渓谷に来る鳥のことを描いた一節があります。「一摶して起ち」は、鳥が羽ばたき、飛び上がるさまを表現しています。『荘子』逍遙游篇に「つむじ風に羽ばたきして、九万里も飛翔する（摶扶搖而上者九萬里）」とあります。

子規は、「鳥について記すのも、非常に雅やかである。『水経注』にも恐らくこのような文言《もんごん》はないだろう。これを先述の柳宗元「山水遊記」になぞらえた個所と比べると、はるかに上回っている（叙鳥亦極嫺極雅。水経中恐無此文字。比之先擬柳記者、超越数等）」とコメントしています。

「嫺」と「雅」は、「嫺雅」と熟して、上品で優雅なさまをいいます。波が寄せると、岩礁から飛び上がって低空で飛び、波が引くと岩礁に立ち戻って来る鳥についての描写力を誉めています。『水経』とは、『水経』に六世紀の酈道元《れきどうげん》が充実した注をつけた『水経注』を指しています。黄河水系、長江水系などの流域ごとに山水や、都城、伝説などを記した本です。柳宗元の山水遊記が『水経注』の影響を受けていることはよく知られています。さきほど、魚が空中遊泳しているように見えると、柳宗元は書いていましたね。これは『水経注』に「緑色の水を湛えた平らな潭《ふち》は、澄んで清らかで深く、泳いでいる魚を上から見下ろすと、まるで空に浮かんでいるようだ（緑水平潭、清潔澄深、俯視游魚、類若乗空矣）」（『水経注』巻二十二「洧水」）と見え、柳宗元が『水経注』を引き継いだことがわかります。子規の『水経注』への言及は突飛なことではありません。

（二）　魚の群れ

船頭が笑って「こんなのたいしたことありませんぜ。お客さんにもっとすごいものをお見せしましょう」といった。そこで、子分にひしゃくを持たせて舳先《へさき》立たせ、船頭自身は船尾で櫓《ろ》を操った。五寸四方（十五センチ四方）のひしゃくにイワシを数百盛り入れ、舳先の男は、五尺（一・五メートル）の長さの柄《え》の端を持って、ひしゃくをふるってイワシを水中に投げ入れようと待ち構えているが、命令はまだ出されていない。船頭が僕に、「お客さん、水中を見ててくださいよ」といった。僕は船ばたにもたれ、水をじっと見下ろした。しばらくすると、船頭が「イワシ」と叫んだ。声に応じて、イワシが四方にまかれ、水中に沈んだ。さっそく美しい模様が海底に現われ、群がって動いた。しばらくすると、その模様が少しずつ近づいて来た。食い入るように見ていると、赤い背びれのタイが無数、波を押しのけて海面へと湧き上がり、イワシを求めて先を争うのだった。

舟人《しゅうじん》、笑いて曰く「此《こ》れ道《い》うに足らざるなり。客をして更《さら》に大いに奇なる者を観せしめん」と。乃《すなわ》ち一人《いちにん》をして杓《しゃく》を持ちて舳《へさき》に立たしめ、自《みずか》ら艫《とも》に在りて櫓《ろ》を操《あやつ》る。杓は方《ほう》五寸にして、鰮《いわし》を盛《も》ること数百、柄《え》の長さ五尺にして、立てる者は其の端《はし》を持ち、将に杓を揮《ふる》いて鰮を水《みず》に投《とう》ぜんとする者《もの》のごとくす。令《れい》を竣《ためら》い未《いま》だ発せず。舟人、乃ち余を顧《かえり》みて曰《いわ》く「客但《た》だ水《みず》を観《み》よ」と。余因《よ》りて舷《ふなばた》に凭《よ》りて、俯《ふ》して凝視《ぎょうし》す。之《これ》を頃《しばら》くして、舟人呼《さけ》びて曰く「鰮《いわし》」と。鰮四散《しさん》し、声に応じて下《くだ》る。忽ち綺紋《きもん》の水底《みなぞこ》に生ずる有りて、簇然《そうぜん》として動く。既にして漸《ようや》く近づく。之を諦観《ていかん》すれば、則ち赤鬃《せきそう》無数《むすう》、波を排《はい》して騰上《とうじょう》し、以《もっ》て鰮を争うなり。

舟人笑曰、此不足道也。使客観更大奇者。乃令一人持杓立舳、自在艫操櫓。杓方五寸、盛鰮数百、柄長五尺、立者持其端、如将揮杓投鰮於水者。竣令未発。舟人、乃顧余曰、客但観水。余因凭舷、俯凝視。頃之舟人呼曰、鰮。鰮四散、応声而下。忽有綺紋生於水底、簇然而動。既漸近。諦観之、則赤鬃無数、排波騰上、以争鰮也。

イワシを投げ入れてタイを呼び寄せる様子が描写されています。（一）で記されていた「鯛の浦の奇」というのがこれに当たるのです。船頭たちの意気揚々とした動きが印象に残る一節です。鯛の浦のタイは岸に近い深海に群棲し、現在は特別天然記念物に指定されています。

「舟人」は、本章第2節で「舟人《ふなびと》」と訓読みし、船客と解しましたが、ここは船頭です。漢文では船頭の意味で用いて「舟人《しゅうじん》」と音読みするのが一般的です。第2節とは意味が違うことを明らかにするために、ここは音読みにしました。

「使客観更大奇者」と「令一人持杓立舳」は使役の構文で、「使＋客＋……」、「令＋一人＋……」がそれぞれ「客に……させる」、「一人にさせる」となります。図式したので確かめてください。

使客観更大奇者	使	客	観		人奇者	
	使役の助動詞	(人)	動詞		目的語	
令一人持杓立舳	令	一人	持	杓	立	舳
	使役の助動詞	(人)	動詞	目的語	動詞	目的語

「舳」は船の先端、「艫」は船尾、「欂」は「櫓」のことです。第二章第9節で言及した齋藤拙堂「岐蘇川《きそがわ》下りの旅行記（下岐蘇川記）」にも、「父は舳先《へさき》にいて、子は船尾《せんび》にいて、それぞれ櫨で船を動かすが、とても手馴れている（父在舳、児在艫、各持櫓操縦、甚習）」という一節があります。

「杓」はひしゃく、「方五寸」は五寸四方を意味します。五寸は約十五センチメートルに当たります。ひしゃくの柄《え》の長さは「五尺」つまり百五十センチメートルですから、かなり大きな特別なひしゃくということです。「将に杓を揮いて鯔を水に投ぜんとする者」は、原文では「将揮杓投鰮於水者」です。「将」は再読文字で、「揮」と「投」の二つの動詞に掛かっています。「鰮を水に投ず」の原文に見える「於」は場所を示す前置詞の働きをしています。「鰮」はイワシ、「鰯」という漢字が国字（日本人が作った漢字）のため避けたのでしょう。

「令を竣い未だ発せず」は、命令をためらい、まだ発令はされていないということでしょう。「竣」は完了する、終わるの意です。「竣工」という熟語は、訓読すると、工を竣《お》えるとなります。しかし、ここは「逡巡」の「逡」と同義と解しました。

「舷《ふなばた》」は船のへりの部分、「頃」は頭をかしげるぐらいの短い時間の意です。「綺紋」は綺麗な文様、鯛を指し、「簇然」は群がるさまで、鯛が集まって来ることをいっています。

「既にして」は、「既而」の「而」がない形で、「既にして」と読んでいる一海知義校注本に従います。「既而」は、その後まもなく、しばらくして、の意です。現代語の「すでに」のように、「もう終わった」という意味ではなく、わずかな時間の経過を指しているのです。

「諦観」の「諦」には色々観察してあきらかにするという意味があり、ここの「諦観」は全体をよく見渡す意です。「あきらめる」という意味の「諦観」とは異なります。「赤鬃」の「鬃」は馬のたてがみのような頭部の毛を意味し、ここはタイの背びれを指しています。「排波騰上」はタイが波を押しのけて躍り上って来ることです。タイが水面に上昇してくるさまを述べています。

子規は、「「鰮四散」の一句は不穏な感じがする（鰮四散一句、似不穏）」とコメントしました。さらに、「客但だ水を観よ……曰く鰮と」に傍点を、「忽ち綺紋の……簇然として動く」に圏点をつけて、「作者が『春秋左氏伝《しゅんじゅうさしでん》』になぞらえている以上、僕はこれ以上何もいえない（作者既擬左氏余復何言）」とコメントしています。

『春秋左氏伝』は、孔子が編年体で歴史を叙述した『春秋』という書物に、左丘明が注釈をつけたとされる歴史書です。子規の原文では「左氏」と書いてあります。「左氏」は『春秋左氏伝』の略、「左伝」と略されることもあります。略語ができるくらいですから、広く読まれた本ということです。

漱石は、「文学は斯《か》くの如《ごと》き者なりとの定義を漠然《ばくぜん》と冥々裏《めいめいり》に左国史漢《さこくしかん》より得たり」（『文学論』序）と述べています。「左国史漢」とは、『春秋左氏伝』と『国語』、『史記』、『漢書《かんじょ》』の四つの中国を代表する歴史書のことで、日本では古来文人の必読の書とされました。福沢諭吉は

『春秋左氏伝』を十一回も通読し、おもしろいところは暗記するほどでした（「福翁自伝」〔左伝通読十一遍〕、『福沢諭吉集』）。

漱石は、『吾輩は猫である』でも『春秋左氏伝』について触れています。学生たちが野球の練習をする場面です。吾輩が野球を戦闘と見なして説明するところで、「左氏《さし》が鄢陵《えんりょう》の戦《たたか》いを記するに当っても先《ま》ず敵の陣勢から述べて居《い》る。」といっています。「左氏」という『春秋左氏伝』を示す言葉が引用されているだけではありません。吾輩が学生たちのセリフを想像している場面も『春秋左氏伝』風です。

「降参しねえか」「しねえしねえ」「駄目だ駄目だ」「出てこねえ」「落ちねえかな」「落ちねえ筈《はず》はねえ」「吠えて見ろ」「わんわん」「わんわん」「わんわんわんわん」

（『吾輩は猫である』〔八〕）

短い応答を畳みかけるように繰り返していますね。これは『春秋左氏伝』の鄢陵《えんりょう》の戦いの場面の会話に似ています。漱石は、「鄢陵《えんりょう》の戦は左氏の文中白眉《ぶんちゅうはくび》」（『文学論』第四編第八章）と述べました。「白眉」とは「最も優れている」という意味です。鄢陵《えんりょう》の戦いは楚軍と晋軍の戦いです。戦闘の前に、楚の王が晋軍の陣を遠望し、晋から亡命して来た伯州犁《はくしゅうり》に、質問する一節があります。

王が尋ねた。「晋軍は馬を馳せて左に右にと動いているが、なぜか」。「軍吏を召集しています。」「みな中央の陣営に集まったぞ」。「合議です」「幕を張ったぞ」「ご先祖の前で占うのです」「幕をはずしたぞ」「命令を発しようとしています」「とても騒々しい。土埃《つちほこり》も上がったぞ」「井戸を塞《ふさ》ぎ竈《かまど》を壊《こわ》し、隊列を作るのです」(王曰、騁而左右、何也。曰、召軍吏也。皆聚於中軍矣。曰、合謀也。曰、張幕。虔卜於先君也。撤幕矣。曰、将発令也。甚囂。且塵上矣。曰、将塞井夷竈而為行也)

(『春秋左氏伝』成公十六年)

まだ会話は続きますが、これだけでも特徴は充分わかっていただけるでしょう。漢文の原文を見るといっそうよくわかると思います。『木屑録』も、フレーズ一つ一つが短く、船頭のセリフも短いですね。子規が、「僕はこれ以上何もいえない」という心境になったのもうなずけます。なお、ここで挙げた楚王と伯州犁《はくしゅうり》の問答は、『文学論』第四編第八章には、歴史的現在の叙述法の例として挙げられています。

また、船を雇い、鯛の浦見物に行ったことは、『こころ』にも描写されています。

> まだ房州を離れない前、二人は小湊《こみなと》という所で、鯛《たい》の浦《うら》を見物しました。もう年数《ねんすう》も余程《よほど》経《た》っていますし、それに私には夫程《それほど》興味のない事《こと》ですから、判然《はんぜん》とは覚えていませんが、何でも其所《そこ》は日蓮《にちれん》の生れた村だとか云《い》う話でした。……（引用者中略）……浦には鯛が沢山いるのです。我々は小舟を傭《やと》って、其鯛《そのたい》をわざわざ見に出掛《でか》けたのです。
> その時私はただ一図《いちず》に波を見ていました。そうして其波《そのなみ》の中に動く少し紫がかった鯛の色を、面白い現象の一つとして飽《あ》かず眺《なが》めました。然《しか》しKは私程《わたしほど》それに興味を有《も》ち得《え》なかったものと見えます。彼は鯛よりも却《かえ》って日蓮の方《ほう》を頭《あたま》の中《なか》で想像していたらしいのです。
> （『こころ』下「先生と遺書」［三十］）

『木屑録』では、赤いひれをしていたタイは、『こころ』では「その波の中に動く少し紫がかった鯛」となっています。「私」が紫の魚を、「K」が日蓮を、というこの対比を、作家は必要としたのでしょうか。

なお、『木屑録』のこの次の段落でも、鯛の群遊とキラキラ光る波の描写が続け、水面が黄金色になると書いてあります。ご興味のある方は、一海校注本の段落［三十二］をごらんください。

10 『木屑録』の最後に［三十五］・［三十六］

（一） 文章の作り方

僕はこの『木屑録』を書く際、筆を執って紙に向かい、まず書きたいことを考えた。考えがまとまると、いつもすぐに筆を動かし、考えたことを追いかけて行った。ときには筆がかすれたり、すり切れたりしても止めなかった。できあがると原稿を投げ出して、一字も改めなかった。これを非難して次のようにいう人がいる。「古人が文章を作る時、一字でもまだ納得できないものがあれば、一日中これについて考え、一句でもまだ不自然なところがあれば十日間かけてこれについて考える。練りに練って推敲することに力を注いで、その後でこれを人前に出す。だから、その文章は、いかにも古びた雰囲気を帯び、金属や石が触れて出るような澄んだ音を立てた。あなたはというと、その才能は古人より劣っているし、紙に向かって苦労することを知らないでいる。ただ何となく筆を下《おろ》して、できあがりが遅いことを心配するのは、古人より劣った才能で、古人ができなかったことをしようとしているということだ。大きな過ちではないか」。

余の此の篇を草《そう》するや、筆を執《と》り紙に臨み、先《ま》ず其の書かんと欲する所の者を思う。既に心に会《かい》する有れば、輒《すなわ》ち筆を揮《ふる》って起こし、直《ただ》ちに其の思う所を追う。或いは墨枯《か》れ筆禿《ち》びて、而《しか》も已《や》めず。既に成れば藁《こう》を抛《なげう》ちて、復《ま》た一字も改めず。或いは之を難《なん》じて曰く「古人文《こじんぶん》を作るや、一字の未《いま》だ安からざる有れば則ち終日之《しゅうじつこれ》を考え、一句も未だ妥《かな》わざる有れば則ち旬《じゅん》を経《へ》て之《これ》を思う。鍛錬推敲《たんれんすいこう》、必ず其の力を尽くして、而《しか》る後に之《これ》を出《い》だす。故《ゆえ》に其の文、蒼然《そうぜん》として古色《こしょく》あり、鏘然《そうぜん》として金石《きんせき》の音《おと》を為《な》す。今、子《し》、才の古人に及ばざること、亦た遠し。而して紙に臨み経営刻苦《けいえいこっく》するを知らず。漫然《まんぜん》と筆を下し、速かならざるを之《これ》恐る、是《こ》れ古人の才に及ばざるを以て、古人の為《な》し難《がた》きを為さんと欲するなり。豈《あ》に大過《たいか》ならずや」と。

余之草此篇也、執筆臨紙、先思其所欲書者。既有会心焉、輒揮筆而起、直追其所思。或墨枯筆禿、而不已。既成抛藁、不復改一字。或難之曰、古人作文、有一字未安焉、則終日考之、有一句未妥焉、則経旬思之。鍛錬推敲、必尽其力、而後出之。故其文蒼然古色、鏘然為金石之音。今子才不及古人、亦遠矣。而不知臨紙経営刻苦。漫然下筆、不速之恐、是以不及古人之才、欲為古人難為也。豈不大過哉。

執筆態度と、それに対する批判を述べています。漱石は一気呵成に描いて、推敲をしないというスタイルを取るといっていますが、批判する人は、時間をかけた推敲のよさを強調します。「所＋動詞」の「所」は行為の客体を示す言葉です。逆に、「者」は行為の主体を示します。

殺す所の蛇は白帝《はくてい》の子、殺す者は赤帝《せきてい》の子なるに由《よ》りて、故《ゆえ》に赤を上《たっと》ぶ／由所殺蛇白帝子、殺者赤帝子、故上赤（『史記』高祖本紀）

劉邦軍の旗や幟《のぼり》が赤色だった理由を説明した一文です。次のような逸話があります。

劉邦が大蛇を殺したとき、その殺された蛇の死骸のそばで、老婆がうずくまり「我が子が殺された」と泣きました。人が問うと「我が子は白帝《はくてい》の子で、蛇に変身していた。赤帝《せきてい》の子が通りかかって、斬ってしまった」と語りました。

この逸話は、秦の帝室は白帝を祀《まつ》っていたことから、秦を倒すのは劉邦だということを暗示しています。「殺す所」は「殺した対象」の意味で、その下の「蛇」を修飾しています。「殺された蛇」と言い換えてもかまいません。「殺す者」は殺した人の意味です。一文は「殺した相手の蛇は白帝の子、殺したのは赤帝の子であったために、赤の色を尊んだ」という意味になります。

漢文では「名詞＋所＋動詞＋者」の形で、主語になったり、目的語を作ったりする場合があります。「其の書かんと欲する所の者を思う」はその一例です。「その人が書こうとしている対象そのものを思う」ということから、訳したように、「書きたいことを思う」の意味になります。『Du's Handbook of Classical Chinese Grammar』の「名詞＋所＋動詞＋者」の例を挙げておきます（書き下し文と現代語訳は漢文の原文に基づいて施したもので、日本語と英語は一致しない場合があります）。

（N）所V者
目的語の例
主語の例

臣見其所持者狭而所欲者奢、故笑之	所欲者不成、所求者不得
I saw what he was carrying (as an offering to the gods) was stingy, and what he wanted was extravagant, so I laughed at him.	(You) will not succeed in what (you) desire, (you) will not attain what (you) seek.
臣、其の持する所の者は狭にして欲する所の者は奢なるを見て、故に之を笑う	欲する所の者は成らず、求むる所の者は得ず
私は、彼がお供えしているものが小さいもので願っているものがぜいたくなものだということを見知って、笑ってしまった	願っていたことは成し遂げられないし、探し求めたものは手に入らない

「既に心に会する有れば、輒ち」の原文「既有会心焉」の「焉」は句末に置いて断定の語気を示します。「有会心焉」で、「満足できるものができたのだ」ぐらいの意味になります。訓読では読みません。置き字です。しかし、ここは「焉」で文が終るのではなくて後ろの文に続くと考えて解釈する方がわかりやすいと思います。「既に……輒ち……」は第5節の「既に……則ち……」を参照してください。条件句を作って、「[A]輒《すなわ》ち[B]」のように用いる「輒」は、AとBの緊密度が高いことを示しています。「……するたびに必ず」、「……するたびにすぐに」の訳をつけます。『史記』陳丞相世家は、陳平の生涯と事跡について述べられてい

ますが、その中に印象的な「輒ち」の例があります。

陳平は背が高く美男で勉強好きでしたが、家が貧乏でなかなか結婚できませんでした。お金持ちからは見向きもされないし、陳家の方は自分よりも貧しい家から嫁をもらいたくなかったのです。お金持ちの張という老夫人（原文では「張負」、「負」は「婦」の意）が陳平の器量にほれ込み、孫娘の再婚相手に選びます。ただし、その孫娘はある問題を抱えていました。それは次のようなことでした。

張負の女孫《じょそん》、五たび嫁《か》して夫輒《すなわ》ち死す／張負女孫五嫁而夫輒死　（『史記』陳丞相世家）

「張夫人の孫娘は五回結婚して、そのたびに夫が死んだ」という意味です。張夫人は、孫娘に「貧しいままで終わる人じゃないからね」と言い含め、嫁に出しました。後に、陳平は漢の高祖につかえ、漢の国の宰相となりました。おばあちゃんの目に狂いはなかったというわけです。

さて、『木屑録』にもどりましょう。

「古人文を作るや……今、子、才の……」は、昔の人と現在のあなたの対比、「一字の未だ安からざる有れば則ち終日之を考え、一句も未だ妥わざる有れば則ち旬を経て之を思う」は、

「有れば則ち」、原文では「有……則……」という同じ構文を並べて対にしています。このような骨格の発見については、本章第1節（一）をごらんください。

「蒼然古色」は古びたさま、「古色蒼然」と同じ意味です。

倒置表現

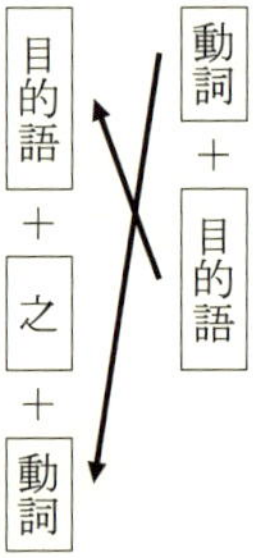

「鏘然」は「キーン」とか「カーン」のような爽やかな音です。金属バットでホームランを打った時「カキーン」などと擬音語を使いますね、そういう音と考えたらよいと思います。

「速かならざるを之恐る」は、原文は「不速之恐」で、「恐」の目的語が「不速」なのです。つまり「之」が倒置を示す目印（マーカー）となって、倒置しています。この表現は、明治の漢文訓読体にも見えます。古田島洋介『日本近代史を学ぶための文語文入門』（吉川弘文館）をごらんください（図は、古田島洋介氏の作成された図を参照して作りました）。

最後に「豈大過ならずや。」について触れておきましょう。原文「豈不大過哉」の「豈不……哉」を「豈《あ》に……ずや」と読み、なんと……ではないかと訳します。

（二） 速筆と遅筆

僕は笑って答えた。「文を作るのは絵を描くようなものだ。絵を描くには、すばやく描く法とゆっくり描く法とがある。必ずしも一つに限ることはできない。デザインに悩み、十日間で川一つ、五日間で石一つを書くというのが、王維と呉道玄の山水の描き方である。袖をまくって立ち上がって、筆にまかせて一気呵成に書き上げるのが、文同と鄭燮《しょう》が竹や蘭を描くときの方法である。王維と呉道玄の山水はもとよりすばらしい。しかし、文同と鄭燮《しょう》の蘭竹も、神技《かみわざ》の域といえるほどすばらしい。今、僕の作文も蘭竹の画と同じである。速筆がふさわしく遅筆は性《しょう》に合ってない。その上、僕は文才が乏しいので、たとえ一年がかりで書き上げても、きっと似たようなものしかできないだろう。ウサギが巣穴から素早く飛び出たりハヤブサが急降下するような速筆は、ミミズやヘビがのろのろ這うような遅筆よりも劣っているのか」と。

陰暦八月十六日、東都の夏目金之助、牛込のわび住まいで書いた。そのとき、庭の棗《なつめ》がすでに熟し、落ちた実が窓にあたり、秋のものさびしい気配が漂っていた。

自嘲《じちょう》、木屑録の終わりに記す

①白眼で見ていたら、世の中と疎遠になるだろうが、甘んじて受けいれよう
②はみ出し者の愚かな僕、人様から認めてもらうなんて面倒だと思う
③当世の人々を批判したいがために、当世の時流にそむき

④古人を罵倒しようと思って、古い書物を読んでいる
⑤才能は年老いた駄馬のよう、のろくて愚か
⑥見識は秋の虫の抜け殻のよう、うすっぺらでからっぽ
⑦ひとかけらの、烟霞の癖を持て余し
⑧山水を論じるくせに、草の廬《いおり》で寝っころがっている

余《よ》笑いて曰《いわ》く「文を作るは猶《な》お画《え》を為《つく》るがごとし。画を為《つく》るの法、速き有り遅き有り。必ずしも一に牽束《いんそく》されず。意匠惨憺《いしょうさんたん》、十日に一水、五日に一石、是《こ》れ王呉《おうご》の山水《さんすい》を画《えが》くなり。衣《ころも》を振《ふる》いて起《た》ち、筆《ふで》を揮《ふる》いて従い、頃刻《けいこく》にして之を成《な》す、是れ文鄭《ぶんてい》の竹と蘭とを画くなり。夫《そ》れ王呉《おうご》の山水は、固《もと》より妙なり。而《しか》して文鄭《ぶんてい》の蘭竹《らんちく》は、豈《あ》に神《しん》に入《い》らざらんや。今、余《よ》の文も亦《ま》た蘭竹の流《りゅう》のみ。宜《よろ》しく速かるべく宜《よろ》しく遅かるべからず。且《か》つ余の不《ふ》文《ぶん》、仮令《たとい》期年にして一篇を成《な》すとも、亦《ま》た当《まさ》に此《か》くのごときに過ぎざるべし。則ち其の兎《と》起鶻落《きこつらく》の速きは、亦《ま》た蚓歩蛇行《いんぽだこう》の遅きに優《まさ》らずや」と。陰暦八月既望《きぼう》、東都の夏目金《なつめきん》、牛《うし》籠《ごめ》の僑居《きょうきょ》に書す。時に庭の棗《なつめ》既に熟し、落実窓《らくじつまど》を撲《う》ちて、秋意蕭然《しゅういしょうぜん》たり。

自嘲《じちょう》、木屑録の後《あと》に書す

①白眼《はくがん》　甘んじて期す　世と疎《そ》なるを　②狂愚《きょうぐ》も亦《ま》た懶《ものう》し　嘉誉を買うに
③時輩《じはい》を譏《そし》らんが為《ため》に　時勢《じせい》に背《そむ》き　④古人を罵《ののし》らんと欲して　古書に対す
⑤才は老駘《ろうたい》に似て　駑《ど》且《か》つ騃《が》　⑥識は秋蛻《しゅうぜい》のごとく　薄《はく》虚《きょ》を兼《か》ぬ
⑦唯《た》だ贏《あま》す　一片　烟霞《えんか》の癖《へき》　⑧水を品し山を評し　草盧《そうろ》に臥《が》す

余笑曰、作文猶為画。為画之法、有速有遅。不必牽束一。意匠惨憺、十日一水、五日一石、是王呉之画山水也。振衣而起、揮筆而従、頃刻成之、是文鄭之画竹与蘭也。夫王呉之山水、固妙矣。而文鄭之蘭竹、豈不入神哉。今余文亦蘭竹之流耳。宜速不宜遅。且余之不文、仮令期年成一篇、亦当不過如此。則其兎起鶻落之速、亦不優蚓歩蛇行之遅哉。陰暦八月既望、東都夏目金、書于牛籠僑居。時庭棗既熟、落実撲窓、秋意蕭然。

自嘲、書木屑録後

白眼甘期与世疎、狂愚亦懶買嘉誉。為譏時輩背時勢、欲罵古人対古書。才似老駘駑且騃、識如秋蛻薄兼虚。唯贏一片烟霞癖、品水評山臥草廬。

『木屑録』の最後の段落の後半です。文章を一気に書く習性なので、時間をたっぷりかけたからといって良い文章ができるわけではないと取りつくろって締めくくっています。

「牽束」は拘束制限されること、「意匠惨憺」は、杜甫の「構図の中で工夫や苦心をする（意匠惨憺経営中）」（「丹青のうた（丹青引）」）という詩句に見える語です。「意匠」は工夫、「惨憺」は苦心、画を描くときにアイディアを練り図案を考える上での工夫・苦心を指します。「王呉」とは、唐の玄宗皇帝の時代、詩人で画家でもあった王維《おうい》（七〇一？—七六一？）と、宮廷画家となった呉道玄《ごどうげん》（生没年不詳）です。「頃刻」はわずかな時間、「文鄭」は、宋代の画家文同と清代の画家鄭燮《ていしょう》（号は鄭板橋《はんきょう》、一六九三—一七六五）です。第7節でも登場した文同は墨竹の名手、鄭燮は蘭の画を得意としました。

「神に入る」は、「人間わざではない域に達する」ということ、「流」は流派の「流」、「宜しく……べく」は再読文字で「……したほうがよい」の意、「不文」は文才のないこと、自分の謙称として使う場合もあります。

「仮令」は二語で「仮令《たとい》」と読みました。順接の仮定条件（もし……ならば）なら「仮令《もし》」、逆接の仮定条件（たとえ……としても）なら「仮令《たとい》」となります。

「令」は「しム」と読む使役表現ですが、仮定条件を作ることができます。「……でないのを、……させると」という意味から、仮定条件に転用するのです。そのため「仮令」を、順接ならば「仮に……しめば」「仮し《も》……しめば」、逆接ならば「仮い《たと》……しむとも」と「仮」と「令」

を分けて読むこともあります。訳は順接ならば「もし……ならば」、逆接ならば「たとえ……としても」で、使役の本来の「……させる」の意味は消えてしまいます。仮定か使役かわかりにくい例もあります。

「兎起鶻落」は、ウサギやハヤブサの動きが素早いことをいいます。第6節で出て来た蘇軾「文与可が描いた篔簹谷の偃《えん》竹の記（文与可画篔簹谷偃竹記）」に見え、文や絵に勢いがあることをたとえています。「亦《ま》た……ざらんや」の「亦」は、「亦《ま》た」と読みますが、反語の語調を強める働きで、いったい……ではなかろうかの意味です。「既望」は陰暦八月十六日、「僑居」は仮の宿りを指します。「棗」はナツメ、夏に花が咲いて実をつけ、熟すと暗紅色になります。漱石は「僕の家の裏には大きな棗《なつめ》の木が五六本もあった」（「談話（僕の昔）」）と述べています。

最後に「自嘲」と題した律詩です。①句・②句は、世間との関わり方について詠じます。①句の「白眼」は、晋の隠者阮籍《げんせき》が気に入らない人を白眼で見つめたという逸話から、人を軽蔑した目付きをいいます。「白眼視」という言葉もあります。冷ややかな目で世の中を見るのだから世間と疎遠となるのも甘んじて受けようというのです。②句の「亦」は、……もまた、世間の評判を得るのも面倒に思うという意味です。「狂愚」の「狂」は「はみ出し者」と訳しましたが、平常の状態でないという意味から悪い意味にも良い意味にも使います。③句・④句は、同時代の人々に対しても昔の人に対しても批判的な態度を取っていることを詠じます。⑤句・⑥句は、才智の乏しさを老いた馬、セミの抜殻にたとえています。批判的な態度を取るが、それに見合う才智はないのだと自虐的に詠じています。最後の⑦句・⑧句は、「烟霞の癖」はあるのだが、旅に出ないで、草庵の中で論評していると詠じて締めくくります。「烟霞」は漢字の原義は靄《もや》と霞ですが、「烟霞」の二字で靄にかすむ風景を意味します。湿潤な風土で生まれた言葉といえるでしょう。その靄にかすむ風景を酷愛し、それを見るための旅を好むことを「烟霞の癖」といいます。⑩句で「草廬に臥す」といっているのは、実地に見に行かないで、室内で風景を論じているということでしょう。『木屑録』冒頭の「先の記《しる》す有らんとして遊ぶこと無き者と、遊ぶこと有りて記《しる》す無き者と、相い償《つぐな》うに庶幾《ちか》からんか」を思い出させる表現です。冒頭と末尾がつながった気がします。

〈コラム2〉英語で読もう『木屑録』

英日文化協会発行の『英日文化』七五号（二〇〇三年八月）に、Sammy I.Tsunematsu 氏が訳した *"Natsume Soseki Record of Chips and Shavings"* が掲載されていました。英語版の『木屑録』ということです。次の①~③の英文は、今まで読んで来た『木屑録』のどの部分に当たるでしょうか。

①
I set out on 7 August. It was a very windy day and most of the people on the boat, upset by its rocking, could not stay upright. Three girls sitting on the deck were joking in a relaxed manner. I was greatly ashamed that the whiskered men were less brave than the well-coiffured ladies, and I tried hard to sit upright, with my back against the guardrail. Then I struggled unsteadily to my feet to get a better view of the wind and water battling with each other. A furious wave broke over the boat, which was listing and on the point of capsizing. I lost my footing and fell flat. At the same time, a violent gust of wind blew my hat away. I raised my head, and saw it floating and whirling around in the gusts. The boatmen clapped their hands and laughed uproariously. The three girls were laughing uproariously too and were certainly making fun of me in this sad situation. I nearly died of shame.

②
Throughout my trip to the Bōso region, I swam two or three, and sometimes five or six times every day. I took pleasure in plunging into the water to get up an appetite. When I had had enough, I would lie down on the hot sand. The warm air filled my lungs and L felt completely at ease. Several days went by in this way. My hair gradually turned russet, my face gradually went brown. Ten days later, the russet had become red and the brown had become black. When L looked at myself in the mirror, I was dumbfounded.

③

We were five in the party, but none of my companions appreciated the charms of nature and poetry. They got drunk and made a racket and upset the serving women with their gluttony. After the evening bath, they would get together round the Go board and play cards to pass the time. I alone was lost to contemplation and searching. Sometimes I would groan and seem to be suffering terribly. They only knew how to make fun, saying that I had eccentric habits, but I paid no attention to them. I remember Shao Qingmen who suffered terribly when he was formulating his thoughts, but finding the solution, joyfully tore his clothes and leapt around his bed shouting hysterically. No doubt my groans had much in common with that state of mind.

答えは〈コラム2〉の末尾をごらんください。

三女子は「**Three girls**」、帽子は「**hat**」など、英語の方が漢文より明確にわかるところもあります。「房総」は「**Bōso**」で日本語の音読みですが、「邵青門」は「**Shao Qingmen**」で、日本語の音読みではありません。これは現代中国語の発音を表記しているのです。じっくり見くらべてみてください。「へぇ……なるほど」って思う発見があるかもしれませんよ。

答え

①……第四章第2節　②……第四章第3節　③……第四章第4節

番外編　中島敦と河馬と天狼と

1 全国にカバは何頭いるの

「全国の動物園に、カバはどれぐらいいるでしょう」

よほどのカバ好きでないと、この質問になかなか答えられないと思います。

俳人で俳句研究者の坪内稔典氏は、カバ好きでも有名な方です。還暦になって何か記念のことがしたいと思い、「還暦記念全国カバめぐり」をされ、『カバに会う』(岩波書店)を出版されました。同書のあとがきでは、「どちらかと言えばバカにされたり、見過ごされたりしているもの。そういうものを過剰に、しかも意識的にこだわって愛するとき、気分がわくわくする」とおっしゃっています。『カバに会う』を読むと、わくわく感が伝わってきます。

この『カバに会う』の最後には、「日本のカバ一覧」が載っています。訪問された時の頭数ですが、全部で五十七頭とあります。出版が二〇〇八年で、もうかなり年数が経ちましたから、今では亡くなったカバもいれば、生まれたカバもいます。日本動物園水族館協会のホームページを手がかりに様々なホームページを検索したところ、二〇一四年八月末の時点では、五十頭ぐらいのようです。「日本全国カバ・リスト」をごらんください。

日本全国カバ・リスト

	施設名	数	カバの名前
北海道	旭川市旭山動物園	2	百吉・旭子《あさこ》
	帯広市おびひろ動物園	1	ダイ
	札幌市円山動物園	2	ドン・ザン
東北	東北サファリパーク	2	みどり・キミドリ
	仙台市八木山動物公園	3	ベロ・ヒタチ・カポ
関東	日立市かみね動物園	1	バシャン
	東武動物公園	3	ズー・マイ・ソラ
	上野動物園	1	ジロー
	市原ぞうの国	1	ヒッポ
中部	富士サファリパーク	2	ゆめ・小福
	豊橋総合動植物公園	3	大吉・サツキ・ミネ
	東山動物園	2	重吉（3代目）・福子（3代目）
近畿	京都市動物園	1	ツグミ
	白浜アドベンチャーワールド	2	カブ・イチロー
	天王寺動物園	2	テツオ・ティーナ

	神戸市王子動物園	3	出目男・ナミコ・出目吉
	姫路市立動物園	1	キボコ
	姫路セントラルパーク	2	ウガンダ・ムック
中国	周南市徳山動物園	1	マル
四国	愛媛県立とべ動物園	3	ハグラー・ミミ・ユイ
九州	長崎バイオパーク	4	ドン・ノンノン・モモ・出目太
	福岡市動植物園	1	タロー
	熊本市動植物園	1	モモコ
	別府　山地獄	1	昭平
	鹿児島　平川動物公園	2	龍馬・ナナミ
	沖縄こどもの国	2	モモエ・スイミ

主要参考資料…日本動物園水族館協会のＨＰ、『カバに会う』（コビトカバは含まない）

さらに、『カバに会う』には、実際に対面したカバのことだけでなく、文学のカバが紹介されています。小川洋子さんの小説『ミーナの行進』、上田敏の翻訳詩集『海潮音』、三好達治の俳句、大江健三郎の小説『河馬に噛まれる』などなど。加えて、中島敦に、短歌の「河馬の歌」十二首と河馬の漢詩が二首あることも紹介されています。

中島敦は、教科書に掲載されている『山月記』の作者としてよく知られています。人間がトラに変身する話ですので、中島敦といえばトラが思い浮かびます。けれども、中島敦は、漢字の詩ではカバを詠じました。『カバに会う』での引用は一首だけなので、二首とも現代語訳で読んでみましょう（漢詩は一句ごとに大意を記し、冒頭に句番号を、末尾に原詩を添えました）。

2　春の河馬

「春の河馬《かば》（春河馬）」二首

其の一

①ゆうゆうと、一人《ひとり》別世界に住む　悠々独住別乾坤
②美しいか醜いか、賢いか愚かか、世間さまの議論にお任せしよう　美醜賢愚任俗論
③カバは檻の中、春は自由自在　河馬檻中春自在
④まんまるのウンチが二つ三つ　団々屎糞二三痕

其の二

①春の昼間ゆうゆう、水の中の仙人　春昼悠々水裡仙

②ぐっすり眠るデカい口、涎《よだれ》だらだら　　眠酣巨口漫垂涎
③立ち止まってカバを見る、何を考えているんだろう　　佇眄河馬偏何意
④ヒマな日にヒマ人が禅を学ぼうと思っているんだ　　閑日閑人欲学禅

（『中島敦全集』第二巻、筑摩書房）

「ゆうゆう」は、原詩に「悠々」とあるのを平仮名に換えただけです。カバには「ゆうゆう（悠々）」が似つかわしい気がします。カバは檻の中という限られた場所で生きていますが、中島敦の描くカバは、その窮屈な空間を感じさせません。檻の中は別天地で、水中のカバは仙人のように超然としています。ウンチをしてヨダレを出して自然体に生きているカバと禅の取り合わせがどこかおかしみを漂わせます。飾らずありのままに生きるカバには、禅僧の規律正しい生活や修行の厳しさがなじまない気がします。中島敦は、そのなじまない、ちぐはぐな感じをも楽しんでいると思います。

中島敦は、カバ以外にもさまざまな動物を漢詩に詠じました。興味を持たれた方は、『中島敦全集』でごらんください。本書では他の動物を詠《うた》った詩歌を見てみたいと思います。

明治十五年（一八八二）、日本で初めての動物園が開園します。上野動物園です。明治十七年

（一八八四）、十八才の正岡子規は、上野動物園のワシを見て漢詩を作っています。

「上野動物園に行ってワシを見て思ったこと（遊上野動物園観鷲有感）」

①鉄の檻で一生を過ごす無限の思い　　鉄檻終年無限情
②雲を凌ぐ志はまだ小さく萎《しぼ》んでいない　　凌雲之志未軽傾
③ふと聴えて来た、群れなす鳥が何もないところで騒ぐのを　　忽聴群鳥空間躁
④ぎょろっとした目で天を仰いで叫ぶ一声《いっせい》　　睅目仰天號一声

（『正岡子規全集』第八巻、講談社）

子規は、最強の猛禽類ともいえるワシが、囚われの身となっている哀しさを詠じています。開園当時の上野動物園は、佐々木時雄『動物園の歴史　日本における動物園の成立』（講談社）によれば、「建てられていた動物舎は木造の粗末なものであった。ヨーロッパの動物園建築が達成していた成果を取り入れた形跡はまったくなく、日本の在来のウマ小屋、ウシ小屋などの伝統様式を出ない、文字どおりの小屋であった」そうです。「鉄の檻の中の動物」というイメージは、成島柳北がロンドンの動物園を詠じた「禽獣園」（『航西日乗』五月十九日）の次の絶句を

踏襲しています。

①鉄の檻の中で、庭園から隔てられ、ヤマイヌやトラが横たわっている　鉄檻劃園豺虎横
②春草を踏み歩く男女は、夕焼けの空のもと　踏青士女趁晩晴
③誰が予想しただろう、かんざしの影やスカートの香りに混じり　誰図釵影裙香裡
④人けのない山で月に吠える動物の声を聴こうとは　聴箇空山嘯月声

現代詩では、高村光太郎の「ぼろぼろな駝鳥」（昭和三年〔一九二八〕）が有名です。

「ぼろぼろな駝鳥」

何が面白くて駝鳥を飼ふのだ。
動物園の四坪《つぼ》半のぬかるみの中では、
脚が大股《おおまた》過ぎるぢやないか。
頸《くび》があんまり長過ぎるぢやないか。
雪の降る国にこれでは羽がぼろぼろ過ぎるぢやないか。

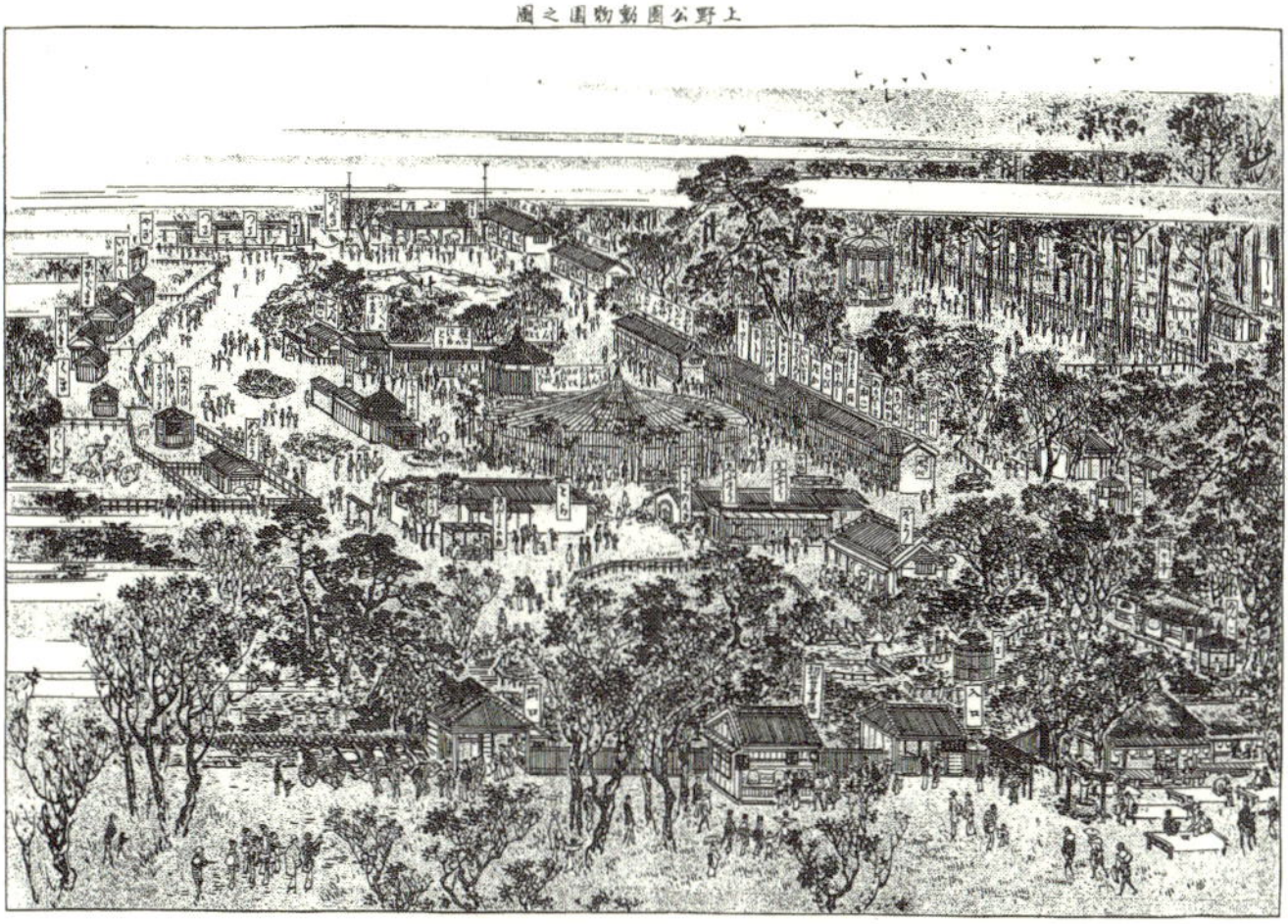

「上野公園動物園之図」（『風俗画報』131号、1896年12月10日）

「上野動物園新渡来之獅子牝牡並駝鳥の図」（『風俗画報』245号、1902年2月10日）

腹がへるから堅《かた》パンも食ふだらうが、
駝鳥の眼は遠くばかり見ているぢやないか。
身も世もない様に燃えてゐるぢやないか。
瑠璃《るり》色《いろ》の風が今にも吹いて来るのを待ちかまへゐるぢやないか。
あの小さな素朴な頭が無辺代の夢で逆《さか》まいてゐるぢややないか。
これはもう駝鳥ぢやないぢやないか。
人間よ、
もう止《よ》せ、こんな事は。

（『高村光太郎全集』第二巻、筑摩書房）

動物好きで、子どもの頃からよく動物園に通ったという高村光太郎は、「動物園の根本改造」（昭和五年）という文章の中で、この詩を引用し、「言外の味」を認めると共に、汚い檻に窮屈そうにダチョウを閉じ込めていることを厳しく批判しています（『高村光太郎全集』第二十巻、筑摩書房）。

光太郎が「言外の味」といっているのは、ただ目の前の動物としてダチョウを描いただけでなく、詩人の自画像としてのダチョウではないでしょうか。檻から出て自由に生きたがっているようです。子規と柳北が描いた檻の中の動物も、世界から隔てられて鳴いたり吠えたりしていました。一方、中島敦のカバは、檻もカバ用プールもあるがままを受け入れて、ウンチもヨダレも気兼ねすることがありません。

3　河馬の歌

中島敦の「河馬の歌」も挙げておきましょう。中島敦がカバに注ぐまなざしは温かく、どの歌のカバものんびりと生きています。

「河馬の歌」

うす紅くおほに開《ひら》ける河馬の口にキャベツ落ち込み行方知らずも
ぽつかりと水に浮きゐる河馬の顔 郷愁《ノスタルヂア》も知らぬげに見ゆ
この河馬にも機嫌不機嫌ありといへばをかしけれどもなにか笑へず
赤黒きタンクの如く並びゐる河馬の牝牡《めすおす》われは知らずも
水の上に耳と目とのみ覗きゐていぢらしと見つその小さきを

わが前に巨《おほ》き河馬の尻むくつけく泰然として動かざりけり
無礼《なめ》げにも我が眼《め》の前にひろごれる河馬の臀《ゐしき》のあなむくむくし
臀《ゐさらひ》のただ中にして三角の尻尾かはゆし油揚のごと
これやこのナイルの河のならはしか我に尻向け河馬は糞《まり》する
事終り小さき尻尾がパシャパシャと尻を叩きぬ動きこまかに
丘のごと盛上《もりあが》る尻をかつがつも支へて立てる足の短かさ
三角の尻尾の先端《さき》ゆ濁る水のまだ滴《したた》りて河馬は動かず　（『中島敦全集』第二巻、筑摩書房）

第五首目に「水の上に耳と目とのみ」とありました。漢詩で「水中の仙人」と詠じた中島敦ですが、水中で一体どう動くのか、見ることができていないのです。現在、水中の動きを観察できるカバ舎も増えています。水中の仙人ぶりを実際に目にできるなんて、中島敦が羨ましがるかもしれません。

カバは絵本にもよく登場します。『百万回生きた猫』（講談社）で有名な故佐野洋子氏が文を書き、長男の広瀬弦氏が絵を描いた『かばのなんでもや』（リブロポート）というシリーズがあります。何でも屋をしているカバの話です。また、（マイク・セイラー作、ロバート・グロスマン絵）『ぼちぼちいこか』（偕成社）というタイトルのカバの絵本もあります。今江祥智氏の大阪弁の翻訳が利いています。カバがいろんな仕事にチャレンジするんですが、失敗続き。でも、「ぼちぼちいこか」って笑い飛ばしてしまうのです。加えていえば、フィンランドの作家トーベ・ヤンソンが生み出した空想の生き物ムーミンも、カバに限りなく似ています。

4　天空のオオカミ

狼も、中島敦の漢詩に出てきます。でも、本物のオオカミではありません。冬の夜空にひときわ赤く輝くシリウスのことで、「狼星《ろうせい》」とか「天狼《てんろう》」などと記されています。漢語の星の名は、ギリシャ神話とは無関係で、独自の意味付けによって名前が決まっています。シリウスを狼と呼ぶのは、野鶏と名付けられた星が近くにあり、その星を狙っているかのような位置にあるせいです。次は、昭和十四年（一九三九）の「手帳」に初稿、同年一月頃の作品です。

①文学を専攻して二十年　　攻文二十年

②世事に疎い我が身を自ら嘲笑《あざわら》う　自嗤疎世事
③夜たまたま読書に疲れ　夜偶倦繙書
④見上げると、天狼《シリウス》がまたたく　起仰天狼熾

（『中島敦全集』第二巻、筑摩書房）

次の七言絶句では、「天狼」はめったに点滅せず、その光は凍ってしまいそうなほど青白いのです。

①ふだんの僕は怠け者で世渡り下手だが、星を見て喜んでいる　平生懶拙瞻星悦
②真夜中、空を仰いで、世俗のくだらぬ話を忘れ　半夜仰霄忘俗説
③天の川の流れは斜めに、白く遙か遠く　銀漢斜奔白渺茫
④天狼《シリウス》は凍ってしまいそう、まれにしか明滅しない　天狼欲冱稀明滅

世の中でうまく生きていけない自分が嫌いになった時、中島敦は夜空を見上げて、シリウスを探すのかもしれません。「今宵はよく輝いているな」、「今夜は凍てついた光だな」と、シリ

ウスと対話をしているかのようです。

①シリウスは今ちょうどキラキラ　狼星方爛爛
②オリオンは斜めにピカピカ　参宿燦斜懸
③凍てつく夜、落葉した林の上　凍夜疎林上
④ゆうゆうと広がっている、浮き世を離れた天空に　悠悠世外天

これも冬の夜空ですが、天空に広がるのは悠々とした星の世界です。凍てつき、落葉し、寂寥とした世界が広がっている地上とは異なり、天空では星が燦々《さんさん》と照り輝いています。夜空にシリウスを探す中島敦は、その星が沈むことで季節の移ろいを感じます。次は春の夜の詩です。

①そよ吹く東風、夜は淡く晴れて　習習東風夜淡晴
②星の光に月の暈《かさ》も色あせる　星光潤暈不鮮晶
③清明の日はまだなのに、天狼《シリウス》は沈もうとしている　清明未到天狼没

④穀雨の日が過ぎて角宿がきらめいている　穀雨已過角宿瑩
⑤庭で星を見上げれば世捨て人の気分　庭上見星幽客意
⑥花の陰に露を踏めば春を惜しむ気持ちになる　花陰踏露惜春情
⑦かすかな芳香が地面に満ち、だれにも知られることがない　微芳滿地無人識
⑧ただ隣家から静かに瑟《しつ》の響きが聞こえてくるだけ　只有隣家静瑟声

「清明の日」は二十四節気の一つ、太陽暦の四月五日ごろ、「穀雨の日」も二十四節気の一つで、太陽暦の四月二十日ごろを指します。「角宿」は乙女座のアルファー・ベータ、「瑟」は絃の数が多い大型の琴を意味します。喘息に苦しみ、小説家になりたいという夢を抱えて悶悶としていた敦ですが、その生きづらさを乗り越えて行くことも願っていたのでしょう。この漢詩では、夜空を見、花の香りを嗅ぎ、隣家の楽の音に耳を傾けて、超然とした気持ちで五感を働かせているようです。

「見上げてごらん、夜の星を」

二〇一一年春、サントリーのコマーシャルの中で、坂本九のこの古い歌を、複数の歌手の人たちが歌いました。東日本大震災後のことです。また、映画『八日目の蟬』では、夜の闇を怖

がる子供のためにヒロインが歌う場面がありました。生きる力をもらうために夜空を見上げる、普遍的な行為といえるかもしれません。中島敦もまた、生への飽くなき願いを抱いて、夜空を見上げていたのでしょうか。

あとがき

「あまり早くて分からんけれ、まちっと、ゆるゆる遣《や》って、おくれんかな、もし」

松山の生徒が坊っちゃんに言うセリフです（『坊っちゃん』〔三〕）。「ゆるゆる」のペースでわかりやすく……、本書はふだんの授業の雰囲気や授業での語り口を活かすように書き進めました。

「後期に担当される授業では、近代の漢詩文のお話はされないのですか」

あるとき、受講生さんから問い合わせを受けました。その当時は、確かにその通りで、前期の講義だけでした。要望があるならば後期も取り扱おうと思いました。私にとっても願ってもないことでした。

また、受講生さんの中には、国語の先生を目指す人がたくさんいました。国語の教科書に必ずといってよいほど出て来る鷗外と漱石、その漢文を読むことは、教壇に立った時に役立つでしょう。そして、将来役立つかもしれないということが、積極的に学ぶ強い動機ともなるでしょう。そう願って、教材研究を進め、実際に授業で使ってきました。この本の一部はその研究と実践に基づいています。

授業では、受講生さんたちが、鷗外と漱石の漢文を熱心に読んで、質問や感想を数多く寄せてくれました。本書の執筆に大いに役立ったことはいうまでもありません。これまでの受講生の皆さんにたいして感謝致します。日頃お世話になっている先生方をはじめ、多くの方が応援してくださり、背中を押してくださったことも、ここに書き記しておきたいと思います。衷心より感謝申し上げます。加えて、若い友人のイラストレーター雨郷悠《あめざとゆう》さんがすてきなイラストマップと挿絵を作成して、華やぎを添えてくださいました。ありがとうございました。

刊行に至るまで導いてくださったのが、新典社の皆様でした。『文豪だって漢詩をよんだ』（二〇〇九年）から数年が経ちました。今回、本作りを再びご一緒させていただくことができ、この上なくありがたく思います。社長の岡元学実さん、編集を担当してくださった田代幸子さん、新典社のすべての皆様に心より御礼申し上げます。

そして、なによりも、本書を手に取ってくださった皆様、どうもありがとうございます。お気づきの点がありましたら、どうぞお教えください。漢文という小さな覗き穴も、文豪たちを知るために、何らかの役に立つと考えていただければ実にうれしいことです。また、漢文そのものを面白いと感じていただけたら、望外の幸せです。

二〇一四年九月

森岡ゆかり

森岡　ゆかり（もりおか　ゆかり）
1962年，大阪市生まれ。関西地区の大学などで，漢字や漢詩文の魅力を伝えている。
大阪女子大学（現大阪府立大学）学芸学部国文学科卒業。奈良女子大学大学院文学研究科国文学専攻（修士課程）修了。同大学大学院人間文化研究科比較文化学専攻（博士課程）単位取得後退学。博士（文学）。
著書　『近代漢詩のアジアとの邂逅——鈴木虎雄と久保天随を軸として——』（2008年，勉誠出版）
著書　『文豪だって漢詩をよんだ』（2009年，新典社）
論文　「新井白石『陶情詩集』の梅花詠をめぐって」（紫陽会編著『新井白石『陶情詩集』の研究』所収，2012年，汲古書院）
翻訳　「公刊にあたって」，「二十世紀初頭の日本人漢学者の目に映った文化の中国と現実の中国」（楊儒賓・張寶三共編『日本漢学研究初探』所収，2002年，勉誠出版）
分担執筆　「男耕女織」，「美術」，「工芸刺繍」，「映画〈画魂〉——潘玉良の数奇なる生涯」（関西女性史研究会編『増補改訂版中国女性史入門　女たちの今と昔』所収，2014年改訂，人文書院）
ほか。

文豪《ぶんごう》の漢文旅日記《かんぶんたびにっき》
——鷗外の渡欧、漱石の房総　　新典社選書 71

2015年3月9日　初刷発行

著　者　森岡　ゆかり
発行者　岡元　学実

発行所　株式会社　新　典　社

〒101－0051　東京都千代田区神田神保町1－44－11
営業部　03－3233－8051　編集部　03－3233－8052
ＦＡＸ　03－3233－8053　振　替　00170－0－26932

印刷所　惠友印刷㈱　製本所　牧製本印刷㈱

ISBN978-4-7879-6821-0 C0395
http://www.shintensha.co.jp/　E-Mail:info@shintensha.co.jp